U0084261

古典文獻研究輯刊

九編

潘美月・杜潔祥 主編

第1冊

九編總目

編輯部 著

《異苑》校證

呂春明 著

國家圖書館出版品預行編目資料

《異苑》校證／呂春明　著 — 初版 — 台北縣永和市：花木蘭文化出版社，2009〔民98〕

目2+138面；19×26公分

（古典文獻研究輯刊　九編；第1冊）

ISBN：978-986-254-009-1（精裝）

1. 六朝志怪　2. 研究考訂

857.23　　98014399

古典文獻研究輯刊

九　編　第一冊　　ISBN：978-986-254-009-1

《異苑》校證

作　　者　呂春明

主　　編　潘美月　杜潔祥

總 編 輯　杜潔祥

企劃出版　北京大學文化資源研究中心

出　　版　花木蘭文化出版社

發 行 所　花木蘭文化出版社

發 行 人　高小娟

聯絡地址　台北縣永和市中正路五九五號七樓之三

電話：02-2923-1455／傳眞：02-2923-1452

網　　址　http://www.huamulan.tw　信箱　sut81518@ms59.hinet.net

印　　刷　普羅文化出版廣告事業

初　　版　2009年9月

定　　價　九編20冊（精裝）新台幣31,000元　

九編總目

編輯部　編

《古典文獻研究輯刊》九編　書目

古籍整理與研究

第 一 冊　呂春明　《異苑》校證

專題書目研究

第 二 冊　邱麗玟　馬國翰及其《玉函山房藏書簿錄》研究

校勘學研究

第 三 冊　翁敏修　清代《說文》校勘學研究

經學文獻研究

第 四 冊　許錟輝　先秦典籍引《尚書》考（上）

第 五 冊　許錟輝　先秦典籍引《尚書》考（下）

第 六 冊　古國順　司馬遷《尚書》學

史學文獻研究

第 七 冊　許淑華　兩宋《史記》評點研究（上）

第 八 冊　許淑華　兩宋《史記》評點研究（下）

文學文獻研究

第 九 冊　黃東陽　六朝志人小說考論

第 十 冊　吳俐雯　王嘉《拾遺記》研究

第十一冊　莊淑珺　王蘭沚及《無稽讕語》研究

文字學文獻研究

第十二冊　陳光憲　慧琳《一切經音義》引《說文》考（上）

第十三冊　陳光憲　慧琳《一切經音義》引《說文》考（下）

第十四冊　盧國屏　清代《爾雅》學

第十五冊　李建誠　《爾雅・釋訓》研究

　　　　　程南洲　《經傳釋詞》辯例

專題文獻研究

第十六冊　何廣棪　李清照研究

第十七冊　何廣棪　《李易安集》繫年校箋

第十八冊　何廣棪　李清照改嫁問題資料彙編

佛教文獻研究

第十九冊　方志恩　王梵志、寒山、龐蘊通俗詩之比較研究

道教文獻研究

第二十冊　蔡僑宗　明太祖御製《道德真經》之研究

《九編》各書作者簡介・提要・目錄

第 一 冊　《異苑》校證

作者簡介

呂春明，民國 45 年生，文化大學中文系學士，文化大學中文研究所碩士。曾任文化大學中文系助教，現於德明財經科技大學，通識中心擔任教職。

提 要

本論文共分三部分。

首爲緒論。作者劉敬叔，《宋書》、《南史》俱無其傳，乃據其他可考資料爲作小傳；再就所知所見，敘述《異苑》一書之版本；並對其內容作一分析及探討其價值。

次爲《異苑》一書之校證。乃就唐宋類書，如《北堂書鈔》、《藝文類聚》、《初學記》、《白孔六帖》、《太平御覽》、《太平廣記》、《事類賦》、《事物紀原集類》、《海錄碎事》、《事文類聚》、《類說》等；及古注，如世說新語注、水經注、後漢書注、文選注等所引，並參核比對同一時期之其他志怪小說集，如《神異經》、《神仙傳》、《搜神記》、《搜神後記》、《幽明錄》、《述異記》等書，探討各書間彼此沿襲、影響的現象，並對其中被刪減、濃縮或傳鈔脫誤之處，從事校勘增補，以復其舊觀，便利後人之閱讀。

末則蒐集《異苑》佚文附錄之，使成完帙。

目 次

第二冊　馬國翰及其《玉函山房藏書簿錄》研究

作者簡介

邱麗玟，台灣桃園人。國立清華大學中語系學士，國立台北大學古典文獻學研究所碩士。曾任中國清史纂修工程項目《清人著述總目》編纂成員。現爲山東大學文史哲研究院中國古典文獻學博士生。著有單篇論文〈「《玉函山房藏書簿錄》內容析探〉（2005）。點校《宋元舊本書經眼錄》（2009）。

提　要

馬國翰（1794～1857）是有清一代知名的輯佚大家，平生亦篤好藏書。馬國翰據其「玉函山房」藏書所編撰之《玉函山房藏書簿錄》分首編、經編、史編、子編、集編，共五十七類，約有五萬七千餘卷。馬國翰且爲諸書撰有解題，或辨其版刻，或記其存佚，或論其眞僞，於目錄學上實有一定之地位。

而其所編《玉函山房輯佚書》亦有賴其藏書富贍之功，故《玉函山房藏書簿錄》之價值實不容小覷。

本論文《馬國翰及其《玉函山房藏書簿錄》研究》旨在探討山東藏書家馬國翰及其所撰著之《玉函山房藏書簿錄》。全文共分六章：第一章〈緒論〉，說明研究動機、目的、方法，並對前人之研究成果作一探討。第二章〈馬國翰之生平、著述與交遊〉，分述馬氏之生平、著述及交遊狀況。第三章〈《玉函山房藏書簿錄》析論（上）〉，考論《簿錄》成書之背景，《簿錄》之傳本以及所著錄書籍之聚、散情形，並藉由《簿錄》一窺「玉函山房」藏書之特色。第四章〈《玉函山房藏書簿錄》析論（下）〉，針對《簿錄》解題義例與分類之情形予以探討，並舉例證以明之。第五章〈《玉函山房藏書簿錄》與《玉函山房輯佚書》〉，首述清代輯佚之發展、考辨《輯佚書》之作者、釐析《輯佚書》之內容，進一步就《玉函山房藏書簿錄》與《玉函山房輯佚書》二書之關係作一綜合比較。第六章《結論》，就《簿錄》之優、缺點予以評價，以彰顯馬國翰於中國目錄學史上的貢獻。

目　次

第 三 冊　清代《說文》校勘學研究

作者簡介

翁敏修，民國六十三年生，台灣台北人，東吳大學中國文學研究所博士。師事許錟輝教授，學術研究致力於文字學與文獻學，另著有《唐五代韻書引說文考》、《經學研究論著目錄（1993-1997）》（林慶彰教授主編）與學術論文十餘篇。

提　要

有清一代號爲「漢學」之復興，學者以辨正字義與名物制度爲研究基礎，對歷代古籍進行疏證、校釋等考訂工作。於此考據風氣特盛之際，「訓詁聲音明而小學明，小學明而經學明」的治學理念，促成了清代「說文學」的發展。

而清代「說文學」中可列爲首功者，就是對《說文》一書所作的縝密考校與訂補。清代學者以二徐本爲研究重心，或以古籍所引《說文》異文材料進行考訂，或以二徐本互校，均試圖恢復二徐本面目，還原許書眞貌。

本論文試圖由文字學與文獻學兩個角度，架構出完整的「清代《說文》校勘學」，學術價值有：

（一）清代《說文》校勘著述考：遍檢善本書目、提要、圖書館藏目錄等線索，整理著作詳目，詳考各書之作者、內容、版本與現今主要典藏地，以收「辨章學術，考鏡源流」之效。

（二）詳述「清代《說文》校勘學」之內涵：包括了嚴謹的校勘方法、詳盡的古籍異文校勘材料、運用出土文獻材料校勘，最後說明清代《說文》校勘之價值與缺失。

（三）總結發揚清代《說文》校勘成果：依《說文》十四篇次第，以長編方式統整清代及近代學者豐碩之校勘成果，作爲日後全面校定《說文》之參考。

（四）整理相關參考資料：包括了「校勘著述取材勘誤表」、「校勘著述取材來源表」與「近代說文異文研究論著目錄」。

目　次

第四、五冊　先秦典籍引《尚書》考

作者簡介

許錟輝，廣東省梅縣人。臺灣師範大學國文系學士，國文研究所碩士，中華民國國家博士。現任東吳大學中文系所客座教授。曾任臺灣師範大學國文系專任講師、副教授、教授，東吳大學中文系所專任教授、中國文化大學中文系兼任教授、淡江大學中文系兼任教授、中央大學中文系兼任教授、元智大學中語系兼任教授。曾任中國文字學會研究理事長，中國訓詁學會理事長、中國經學研究會理事、中國修辭學會理事。專長文字學、經學。著有《先秦典籍引尚書考》、《說文重文形體考》、《文字學簡編・基礎篇》、《尚書著述考》、〈許慎造字假借說證例〉、〈段玉裁引伸假借說平議〉、〈王先謙「伏生尚書二十九篇無太誓」衍議〉等專書及論文。

提　要

夫《尚書》者政事之紀，人君辭誥之典，右史記言之策，唐、虞三代之事制，蓋備於此。今欲考唐、虞聖君之言，三代賢主之事，以及上古之民風世俗、典章制度，蓋捨《尚書》而莫由，《尚書》之用宏矣哉！

《漢書藝文志》云：「故《書》之所起遠矣，至孔子篹焉，上斷於堯，下訖于秦，凡百篇，而為之〈序〉，言其作意。」孔子編篹《尚書》，流傳訖今，歷經二千餘年，其間所罹厄難非一，清段玉裁《古文尚書撰異》嘗舉《尚書》所罹七厄，曰：秦火、漢不立古文、馬鄭不注逸十六篇、孔疏信僞古文、唐改古、宋改《釋文》、晉出僞古文，由是《尚書》篇有亡佚，文多改易，自東晉僞古文《尚書》出，抑又真僞雜陳，據此以考三代之事制，其不舛者鮮矣。故溯《尚書》之源，還《尚書》之舊，允為首要之務。欲探索《尚書》之本源，恢復《尚書》之舊觀，則考辨先秦典籍引《尚書》，應為最客觀可循之途徑。前人有鑒於此，多用力於斯，而或囿於一書，未能通觀全豹，或博取群書，而失之簡略。本文取先秦典籍一百又五種，就其所引《尚書》，無論明徵、暗引，或括其辭者，皆蒐羅無遺，以先秦各書為經，分類排比，以與兩漢所見《尚書》相互參校，表其異同，正其舛謬，補其亡佚，從而考先秦《尚書》之篇數、篇名、序次、分類、儒墨所授《尚書》之同異、《尚書》與《逸周書》之關係，以及僞古文《尚書》之所由出等諸事，撰為《先秦典籍引尚書考》。

本文取先秦典籍一百又五種，其中出於漢以後人僞託者四十四種，後人輯佚者二十九種。凡引《尚書》三百七十五條，其中僞書引《尚書》三十二條，輯佚書引《尚書》十條不計，先秦典籍引《尚書》凡三百三十三條。總此引《尚書》三百三十三條，凡引 《尚書》四十五篇，其中三十三篇在〈書序〉百篇之內，十二篇在〈書序〉百篇之外。

綜考先秦典籍引《尚書》三百三十三條，凡立說十八項，證成舊說七項，正前賢之失二十有三項，皆作者潛心所得。

目　次

上　冊

高　序

甲、經部之屬

第六冊　司馬遷《尚書》學

作者簡介

古國順，桃園縣人，1939 年生。文化大學文學博士，臺北市立教育大學教授退休。曾兼任語文系主任、所長及學務長等職。著有《清代尚書著述考》、《清代尚書學》、《史記述尚書研究》、《文字學》、〈鄭樵之目錄學〉、〈章學誠之族譜學〉等。自推行母語教學以來，曾先後參與制定《臺灣鄉土語言課程綱要》、客語音標，編輯《客語能力認證考試基本詞彙》及部編本客家語教材等。並主編《客語教學叢書》。現任行政院客家委員會委員及教育部國語推行委員會委員。

提　要

《尚書》在五經之中，離最甚。秦焚詩書，已亡其泰半，漢人所傳孔壁古文及今、古文之傳注，並皆散亡。而伏生所傳之經文，歷東晉梅賾僞古文之淆亂，及唐人衛包之改隸古本爲今文，亦難睹其眞相矣。自唐孔穎達據梅本作《正義》以來，通行至今，然已眞僞雜廁，非復兩漢之舊觀矣。今欲探究西漢《尚書》原貌，唯於《史記》中尙可概見。司馬遷生當漢初，兼習今、古文，博覽墳籍，就其所見引入《史記》，徵引《尚書》者達六十八篇目，經、史對照，可資以推見漢初《尚書》之原貌。茲據以探究司馬遷之《尚書》學。

本書首先論述司馬遷之生平志業，並述《史記》在《尚書》學上之價值與地位。其次，述《史記》徵引《尚書》之範圍，皆臚舉其文，並歸納其徵述方式。第三，述《史記》引《尚書》文之條例：有迻錄原文、摘要剪裁等六例，皆廣徵其文爲證。第四，述《史記》引今、古文《尚書》情形：就文字、章句、解說三方面舉述。第五，考述《史記》與《尚書》之異說，並推論其致異之由。第六，探討《史記》與〈書序〉之關係，經對比二者相承之跡至爲明顯，並舉七例以證〈書序〉在前。第七、第八，分述司馬遷對《尚書》學之貢獻及影想。

附錄兩種，對了解《史記》、《尚書》之關係，可收提綱挈領之效。

目 次

第七、八冊　兩宋《史記》評點研究

作者簡介

許淑華

學經歷：輔仁大學中文研究所博士

明道大學國學所副教授

專　　長：史記、文字學、佛學、老莊

主要著作：《雪廬居士佛學思想暨行述研究》、編纂《博學與雅緻》及〈《史記・呂后本紀》與《漢書・高后紀》較析〉〈《史記》、《漢書》袁盎晁錯傳較析〉〈《史記・伯夷列傳》天道之惑析探〉〈順時聽天留侯智探析〉〈商鞅變法善惡功過一二論〉〈中華文化多元一體的現代意義〉〈經濟全球化中的中華文化〉〈《易經・謙卦》和合思想探析〉〈簡化字對漢字教學之衝擊〉〈明清之際正俗體文字使用之比較——以《史記評林・本紀》爲線索〉〈雪廬居士行誼及貢獻探析〉〈消業往生之商兌〉等單篇論文。

提　要

《史記》取材廣泛，修史態度嚴謹，合太史公之人格風貌與精神風采貫穿全編，不唯記事翔實，內容豐富，更具有一股感染力，可以立懦而廉頑，二千多年來，無論是史才、史學、史識、史德乃至史品，一直是治文、史、哲諸家之典範，此即本論文擇爲研究之主因。又歷來古籍撰寫刊刻，無論眉批、頭批、尾批、旁批、乃至總論、散論，皆以不附評家生平、評議出處爲常事。因此，本文之撰，首以評家考察爲優先；次及重要評作（《史記評林》）之勘誤；再及重要評論之增補；續以諸評議內容之分析，結以評家史觀之綜合，冀即此觀兩宋《史記》評點之風尚，併其對後世之影響概況等，此爲本論文撰寫之大要與次第。重要內容約有五部分：

第一是兩宋評家生平考略：明凌稚隆氏之《史記評林》未及評家之小傳，致捧讀之際無法了解評者之身世背景，引爲一憾，故於本章，作一增補，以彌其闕。略分五點考之：

1. 歷代名人同其姓名者夥，必以朝代、姓氏、字號、居里別之，故詳其稱謂。
2. 仕宦經歷往往影響其史觀與評議，故概述之，不以巨細靡遺爲尚，然凡德行足以稱道者，不惜輾轉引述，藉以管窺其行誼。
3. 學術特色主在論其學術成就。
4. 各類著作則採犖犖大者，不以全爲能事。
5. 史評部份，以今日蒐採者爲限，僅列其書名，便於來者深造探索，不以囊括其著作中所有史評爲訴求。

第二是《史記評林》兩宋評點校勘：

1. 註明資料之完整與出處，以符學術嚴謹之要求。除兩宋評家之評議文字外，對於評家稱引之資料，能尋其根源，註明出處，不僅有利學者之稱引，並可進一步提供探索，增益《評林》之應用範圍。

2. 還原《評林》之增減，以利學者之採擇。《評林》與原典全同者，其數可數，可知輯錄之議論，多半經編者更動，因此無論其爲刪節、增益、摘取大意或用字之改易、對調、異形乃至錯別，皆已非撰者原貌，故作爲現今之文字工作者，無論引據發論，乃至印刷出版，皆不可不知。此乃本章重要旨趣所歸。
3. 提示學者正式引文之含義，避免誤解。對於扭合數段評議文字爲一文與僅摘取原典大意而改寫部分，更是後人引用《評林》一書所應注意者，否則往往誤其出處，乃至誤解原著用意而不自知，故於校勘過程中，不厭繁瑣，一一覈校，希學者對《評林》一書之運用，更能取其利而去其弊。
4. 比對字形之異同，以知用字之趨向。異形字之使用，牽涉版本與時代因素，僅將五體異形之字核出（詳見第三章《史記評林》評點校勘第二節至第五節勘誤表中，逐條之備註欄內【《評林》某字原典作某】）此成果或可供來日作文字流變研究者參考，也可供版本學者尋思。
5. 增益《史記評林》一書之使用性。雖則歷來對《史記評林》不乏非議與垢病，然就學術乃公器之論點衡之，《評林》仍有其不可磨滅之價值，例如：在索引上，它蒐集歷代各評家之作，就今日學術眼光而論，便是極佳之引得，不僅便於參閱，更可以之爲線索，在此基礎上，加深加廣地研究，此其一；在較量上，補其出處之漏失，與引文型式上之缺憾，不僅令學者能更精確使用這項資料，也能參考編輯者與評論者，在取擇觀點上的差異性，藉此達到對比參照的效益，此其二；在評點文字上，不僅可見一代評論之風氣與精神，更可見文字使用之型態，這不但是時代意識之反映，更是文字流變研究之素材，此其三；又原典（含宋、元、明、清刊本）或有訛字，或刊刻磨損處，依《評林》彙輯次序，多版互讎，可減其失誤率，此其四；輯評之作，或對原典增減字句，或改易字句，其中對照原典，亦多有助益解讀之處，此於校勘稿中一目了然，亦可視爲校勘《評林》之效益，此其五。

第三是補《史記評林》宋人評點之闕：

1. 增補《評林》既有兩宋評家評論條目之不足。凌氏編輯歷代評《史記》之文字，採隨文編列於天頭之方式，因此，在天頭有限的情況下，或只能選其篇幅長短較適合者，對於篇幅較長者，恐不得不割愛；或以摘要之方式擇取，因此，以綜覽兩宋評點衡之，不免遺珠之憾，故本章謹將《評林》既有兩宋評家評論條目之不足處，給予增補，冀於增益《評林》一書之便宜適用。

2. 增補《評林》所未收之評家及其評點據《評林》一書所載之引用書目而言，兩宋評家約四十六家，其中不含元朝之金履祥與吳澄，然就歷代輯評之作視之，所收兩宋評家未爲完備，因此，其不收者，或多有佳評乃至頗富參考價值者，故本章欲求兩宋評家之齊整，凡論點相同者，補其早出之作，藉還原貌；論點相左者，增其異論之篇，以供參稽，職此增補《評林》所未收之評家及其評點。

第四是兩宋評家史評分析，運用分析、統計、綜合之法，可得如下五點：

1. 依數量分析：兩宋評點以列傳最多，其次爲世家，再次爲本紀。若依各家評點數目統計，兩宋評點數目最多之五評家分別爲黃震、劉辰翁、蘇轍、倪思、鮑彪。
2. 依類別分析：先將評點概分爲四類：
   （1）義理類，重在明是非；
   （2）考據類，重在詳訓詁；
   （3）辭章類，重在審美巧；
   （4）史識類，重在辨得失。

綜論兩宋評點，以史識類居多，辭章、考據、義理三類大約呈平均分配之狀況。

3. 依對史公之議論分析：兩宋評家之褒貶史公，可就以下二點討論。
   （1）依評點則數分析：可知兩宋評點，抑者多於揚
   （2）依評點家數分析：北宋以貶爲多，南宋則均平。

總之北宋諸家，史評傾向貶抑。其中尤以蘇轍爲代表。

至於南宋，抑遷者，以葉適、王若虛爲代表，然褒讚史公之評，頗有增加。

4. 就班馬比較而論：兩宋評點，軒輊《史》《漢》，多揚馬而抑班。縱有貶馬之評家，論及班馬之優劣，仍主於讚揚太史公也。
5. 由史評學發展之立場言之：自漢至魏晉，文尚駢儷，評者多稱揚班固。及至有唐，韓、柳提倡古文，史遷之書，研者日多。入於兩宋，抑班揚馬幾成定論；逮至明清，少有異說。由此觀之，宋之評家，實居軒輊班馬之轉折關鍵。

第五是繼宋之後，由於 1. 評點人數的空前壯大；2. 注評、選評與集評本的大量刊刻；3. 評點合刻本的紛紛問世，可知明代以後《史記》評點風潮，受到兩宋《史記》評點的影響，應是非常明顯的。

兩宋《史記》評點研究，可以管窺古籍保存不易之一斑與整理之必要，在唐以前承訓詁經傳與歷史論贊之遺風，衍爲兩宋之發煌與明代之壯盛，然至有清被譽爲百科大全之《四庫全書》出，史評一類採錄已寡，甚至凌氏《史記評林》一書已不見收，可知改朝換代之間，亡失刊落者不知凡幾。因此，來日有撰中國史學評點史者（或中國《史記》評點史者），相信當能給予兩宋《史記》評點風潮適當之史評地位。

目　次

上　冊

下　冊

第九冊　六朝志人小說考論

作者簡介

作者黃東陽，一九七一年生於台北，東吳大學中國文學研究所文學碩士、博士。研究以古典小說爲主要範疇，旁及古典文論，兼好現代文學，尤擅長文獻的論證、民俗的探討和民間宗教的考索。師事王國良先生，歷任東吳大學中文系兼任講師、實踐大學應用中文系專任助理教授，現職爲國立雲林科技大學漢學所專任助理教授，教授目錄版本學、文獻學及古典小說等專題課程，已出版《唐五代記異小說的文化闡釋》的專書，另發表學術論文三十餘篇。

提　要

志人小說肇始自六朝，迄今僅有《世說新語》和《西京雜記》完書傳世，餘者僅剩隻語殘篇，未得完帙，就此欲發明當時的政治概貌、文化氛圍、文人意識或文體意涵，在文獻不足的事實下，立說就難免以偏概全，成爲研究六朝志人小說最主要的瓶頸和疑難。因而本書先由文獻的角度，考述當時各本志人小說的作者生平、撰寫時間和流傳情況，復針對亡佚作品逐一檢視今日輯本的內容眞訛，並據新資料增補佚文，建立完整的研議文本；於是在這基礎上就能用更宏觀的視角囿別出小說的類別即瑣語、軼事和俳諧三門，續以研議各類別的文體特徵和主要內涵，已對六朝志人小說的文體定義和撰寫命意，作出更清晰、完整和堅實的闡釋。書後收錄作者近年以六朝志人小說爲論題的論文五篇：首篇爲文體論，以當時文論家劉勰《文心雕龍・諧讔》中的觀點，考察當時文人對志人小說中俳諧類的觀感與定位；接續三篇則分別考述《笑林》、《語林》及《小說》三書在文獻與文體上的源流和特徵，兼論對後世文學的影響；至末則以目錄和輯佚學的角度，駁正至今仍視「騎鶴上揚州」出於殷芸《小說》的訛誤，重新確認此則的肇始時代與眞正出處。本書以文獻考證作爲文體衍論的根基，能兼顧考證與義理，自對於六朝小說的研究，有著更精準、獨到甚至具啓示意義的見解和闡發。

目　次

第十冊　王嘉《拾遺記》研究

作者簡介

吳俐雯，臺北市人。東吳大學中國文學研究所畢業，現任臺北縣耕莘健康管理專科學校講師。

提　要

六朝志怪小說上承先秦神話、傳說之餘波，下啓唐人傳奇之端緒，內容極龐雜繁富，向來被認爲是中國小說之初具雛型之源頭。而王嘉《拾遺記》，融合了雜錄與志怪的性質，文辭縟麗豔發，別具特色。因此，本文第一步先以齊治平校注的《拾遺記》爲藍本，以《太平廣記》、《太平御覽》等書爲輔，對《拾遺記》的卷本及其與《拾遺錄》是否爲同一書等問題加以探討。第二步做情節內容的分類及藝術特色的分析。第三步則探究《拾遺記》對後世文學的影響。最後，討論作者生平及成書背景等問題。本文共分七章討論，除緒論及結論兩章外，其餘五章爲本文之主體部分，略述各章內容如下：

第一章「緒論」，敘述研究動機、方法與預期成果。

第二章「《拾遺記》的作者及成書」，探述作者的生平及成書背景，並對此書的書名由來、卷本流傳和佚文等問題，做較深入的研究。

第三、四章「《拾遺記》的內容分析」，分爲神話傳書、宗教影響、五行數術、風俗產物、名山仙境等五大類，每類型再分細目歸納整理。

第五章「《拾遺記》的藝術特色」，分別由形式結構、人物刻畫及蕭綺「錄」的形式、內容等方面討論。

第六章「《拾遺記》對後世文學的影響」，從文人的用典、小說的援引與戲劇的取材三方面，加以探尋。

第七章「結論」，旨在重申本文各章研究成績，並論述及考察結果，且作扼要之總結。在深究故事內容及分析後，足見《拾遺記》文筆華麗，題材豐富，兼具雜史、傳記、小說的性質，在六朝志怪小說中別具特色。

目　次

第十一冊　王蘭沚及《無稽讕語》研究

作者簡介

莊淑珺，中正大學中國文學系畢，成功大學中國文學研究所碩士，著有碩士論文《王蘭沚及其無稽讕語研究》，單篇論文〈無稽讕語續編非王蘭沚作者考〉，曾跟隨 陳益源教授參與《彰化縣民間文學集》採錄與編輯工作，目前任教於台南市私立慈濟高級中學，擔任國文科專任教師，致力地投入將學術融入語文教學現場的工作。

提　要

本論文以王蘭沚及其《無稽讕語》作爲研究對象，第一章緒論，陳述研究動機、研究方法以及預期成果。而論文主要重點，則分成二、三、四、五等四章，進行討論分析。第二章討論的是王蘭沚及其作品，第三章討論的是《無稽讕語》的承先啓後，第四章討論的是《無稽讕語》的故事類別與功能，第五章討論的是《無稽讕語》的思想內容暨藝術技巧，第六章則是結論。

第二章，將焦點集中於王蘭沚作家及作品，第一節作者方面，宏觀介紹整理王氏過去生平資料，並比對歷史所載王露多筆史料，及其和王蘭沚《無稽讕語》〈臺陽妖鳥〉中自述重疊者，對照出直接證據以及旁證，證實二人實爲同一個人。再者，更進一步對王氏之所以遭乾隆罷官革職的原因，作更詳細、完整的析論。第二節則針對王露的著作《無稽讕語》、《綺樓重夢》作介紹，包括過去研究成果、版本、內容大要、文學風格。

第三章，討論《無稽讕語》的承先與啓後，以及其傳承於文學思想的淵源、對後世的流變與影響。第一節論述《無稽讕語》一書產生的時代氛圍，從小說文學史的創作潮流、政治環境影響下的文人心態、社會經濟的具體影響等三點切入，進行耙梳；第二節則專門討論清代的禁書背景，並對於《無稽讕語》之所以被禁的原因進行考察；第三節則重在承先，由志怪文學、傳奇小說、史傳文學、民間傳說、情色文學、俳諧笑話、宗教觀等，包括文學傳統暨思想傳統各方面，予以追溯《無稽讕語》於各脈絡之所繼承；第四、五節則重在啓後，因此第四節從作者的角度出發，討論王蘭沚前後二部小說之間的關係，前者《無稽讕語》如何影響後作者《綺樓重夢》；第五節則由探析《無稽讕語續編》是僞作的考證切入，以驗證《無稽讕語》的流行以及其對於後代小說的具體影響。

第四章，討論《無稽讕語》的文本故事功能，由於考慮不同題材影響文本功能也有異，筆者先將書中依題材內容區分爲四類：仙妖鬼狐、奇聞軼事、諧趣滑稽、歷史風俗等類故事，並依照所佔篇幅的多寡，依序進行功能的討論。

第五章，討論《無稽讕語》的思想內容以及藝術技巧分析，第一節先從思想內容的統整歸納入手，分別從儒家傳統的承繼與發揚、道家傳統的繼承與創新、雜揉的宗教觀、政治與社會現實的反映、文人白日夢的渴求與滿足、性別意識的侷限與突破、作者人生態度的反映等幾點探析文本思想。第二節則針對《無稽讕語》藝術技巧作探析，像是人物、情節、敘事、語言等各方面，進行文本分析。

本論文針對王蘭沚及其作品《無稽讕語》，作了全面性的探討，不僅在文獻材料上有所補充，對於文學藝術上，也予以肯定。

目 次

第十二、十三冊 慧琳《一切經音義》引《說文》考

作者簡介

陳光憲博士，1942 年生於台北市。台北市立教育大學博碩士生指導教授、專任德明財經科技大學講座教授，兼任文官培訓所專題講座教授。

曾任教育大學應用語言文學研究所所長、副校長，德明科技大學前校長、人間福報專欄寫作，1998 年榮獲教育學術貢獻木鐸獎。

主要著作有《范仲淹文學與北宋詩文革新》、《實用華語文閱讀寫作教學》、《神采飛揚》、《戰勝自己》、《絕無盲點》：編著《生活禮儀》、《現代孝經倫理》及有聲光碟《鄉土語言數位教學》、《盛唐三家詩的饗宴》、《唐詩宋詞的饗宴》等。

提 要

古書說：「倉頡造字天雨粟，鬼夜哭。」事實上正是讚嘆文字發明的偉大與貢獻，因為語言文字是人類彼此溝通與傳承智慧結晶的重要工具，也影響著一個國家民族的智慧與競爭力，由此可見文字的重要。

自東漢許慎撰著《說文解字》以來，許書一直是中國學習語言文字最重要的字書，可惜許書原著，經李陽冰之竄改，後世傳抄，誤甚多，雖經二徐

之苦心董理，已非許書之本來面目。

1964 年筆者負笈上庠，追隨高仲華教授治文字聲韻之學、魯實先教授治甲骨、金文之古文字學，常以復許書之本來面目爲己任，承高師仲華之殷殷指導乃取慧琳書悉心校對，以求復許書之舊。

由本論文之研究，之漢唐及後世相關文獻，可校正二徐本之誤者，如「祈」字，二徐本作「求福也」，慧琳所引作「求福祭也」，二徐本奪一「祭」字，考之王筠《說文句讀》亦有同樣之見解；又如「牙」，二徐本作「牡齒也」，段玉裁依石刻《九經字樣》正作「壯齒也」，後之駁段者有數家以爲單文孤證，不可爲憑，今考慧琳引作正作「壯齒也」，可見段氏考證之精確。

二徐本不同，前賢有《二徐箋異》之作，本論文之考證，有頗多可以校正大徐本、小徐本之誤者；有可以校正許書後世傳抄本之訛誤者，如「木」宜有「上象枝」三字，凡此皆可見慧琳一書價值。

目　次

上　冊

下　冊

第十四冊　清代《爾雅》學

作者簡介

盧國屏，1962 年生。學歷：國立政治大學中國文學研究所博士，現職：淡江大學中國文學系、漢語文化暨文獻資源研究所專任教授；中國淮南師範學院終身特聘教授。曾任淡江大學中文系主任、中華民國漢語文化學會理事長、加州大學沙加緬度分校（California State University , Sacramento）研究教授。專業領域與歷年授課範疇：文字學、聲韻學、訓詁學、漢語文化學、國際漢語教學、語言政策規劃等。

提　要

《爾雅》為訓詁之祖，所以通古今之異言，釋方俗之殊語者也，凡言訓詁之學，必求之《爾雅》。治《爾雅》，又所以訓古訓也，古訓晦則群經不可得而明；不通《爾雅》，無以治群經；是《爾雅》者，又通經之資也。《爾雅》多載草木鳥獸之名，則欲博物不惑，多識鳥獸草木之名，又莫近於《爾雅》。清以前治《爾雅》者寡，元、明二代，經訓榛蕪，《爾雅》學之傳，又不絕若縷。迨清世漢學復興，通經者必資詁訓，於是《爾雅》一書，復見重儒林。一時作者輩出，言訓詁者能本於聲音，考名物者能證之目驗，故《爾雅》至此大明，後之治《爾雅》者，莫不以清儒為階。本書以「清代《爾雅》學」為題，即所以表彰其學，並沿流討源者也。

本書，約二十七萬字，凡十章及附錄二種，內容大要如下：

第一章　緒論：敘述本書研究動機目的，前人研究成果及本書研究之內容。《爾雅》為訓詁之祖，文字、聲韻、訓詁之學，必借《爾雅》而後能通。《爾雅》又為通經之資，故戴震《爾雅文字考・自序》曰：「儒者治經，宜自《爾雅》始。」足見《爾雅》一書之重要。《爾雅》自漢代初盛以來，除晉・郭璞《注》、唐・陸德明《釋文》、宋・邢昺《疏》為可觀外，佳作不多。唐以降，《雅》故漸疏，《爾雅》學甚且幾於墜廢。迨乎清世，崇尚經學，通經必資詁訓，《爾雅》一書，見重儒林，經師大儒，群起而治，有清一代，可視為《爾雅》學史上，最重要之時期，為治《爾雅》者之所必究。

第二章　清以前之《爾雅》學：清儒之《爾雅》學，獨創者固多，然紹繼前人者，亦復不少，故由漢至明，歷代之《爾雅》學成就，咸可視為清儒之基礎，當有所論述，而後清儒之成果，能比較見之。回顧《爾雅》歷史，漢代可謂初盛，至晉・郭璞《注・序》，已謂注者十餘，惟皆已散佚，良可惜也。魏晉南北朝之《爾雅》學，則以郭璞《注》為代表，郭璞錯綜舊注，博稽群籍，以圖輔說，成《爾雅注》，不惟魏晉南北朝，至清言《爾雅》注者，亦咸以為宗。唐・陸德明，會萃諸家之音，成《爾雅音義》，而言《爾雅》音者宗之，亦為隋、唐二代《雅》學之代表。自唐而後，則《雅》故漸疏，一以郭《注》爲主，而諸家之注漸湮。宋、元、明三代，僅邢昺《疏》差勝，餘皆不足當之。又以侈談性理，漢學日荒，《爾雅》學之復盛，惟待之清儒。

第三章　清代《爾雅》學之背景：《爾雅》爲小學重鎭，小學爲清代樸學之一環，清儒之治《爾雅》，與樸學之興盛，有密切之關係。當時之學術背景爲：儒學趨於考據，樸學繼之而興，而小學亦蔚爲大國。政治背景則順治時有嚴禁講學之令，康、雍、乾三朝又有文字之獄興，而亦以右文之勢，籠絡清代一流之學者。清代《爾雅》學之所以興盛，又因前代《爾雅》學之不足：一曰著作不豐；二曰舊著凋殘；三曰體系不全；有斯三者，遂令清儒群起而治之也。

第四章　清代《爾雅》學著述考（上）：將本書所收清儒《爾雅》著述一六八種，分十二類著錄。本章著錄校勘類十八種、輯佚類十六種、補正類十二種、文字類七種、疏證類六種、補箋類十三種。

第五章　清代《爾雅》學著述考（下）：爲前章之續，著錄釋例類一種、考釋類三十七種、音讀類八種、雜著類九種、擬《雅》類二十八種、其它類十三種。

第六章　清代《爾雅》要籍析論（上）：補正類，周春《爾雅補注》就鄭氏《注》，旁及諸家之說，彙爲一編，補郭《注》之未詳，正邢《疏》之已誤，爲補正類之佳作，書成甚早，於清儒影響甚大。疏證類，邵晉涵《爾雅正義》，爲宋・邢昺《疏》以下首見之《爾雅》疏，首創校文、博義、補郭、證經、明聲、辨物六大體例，清儒治《爾雅》者，規模大抵不出邵氏。文字類，嚴元照《爾雅匡名》，大旨以《說文》校《爾雅》，辨經字之正俗，清儒取《說文》校釋《爾雅》文字者，以此爲善本。校勘類，阮元《爾雅注疏校勘記》，爲歷來校勘《爾雅》之唯一鉅著，取用善本最多，校得文字之異同，最足爲治《爾雅》者之參考。此四者即本章論述之重點，藉以窺知清儒治《爾雅》之內容。

第七章　清代《爾雅》要籍析論（下）：爲前章之續。補箋類，胡承珙《爾雅古義》，凡《爾雅》文字爲後人所亂，偏旁俗增改易等《爾雅》古義不見於今書者，皆旁搜博引以證明，爲清儒補箋類之可觀者。疏證類，郝懿行《爾雅義疏》與邵氏《正義》，並爲清世《爾雅》學之代表，體制雖承《正義》而來，然能後出轉精，加詳於邵氏，爲治《爾雅》者必究之書。輯佚類，黃奭《爾雅古義》輯古《雅》音注十種，末二卷又收不詳姓氏之眾家《注》，各篇另有小序，所謂微言佚而更出，奧義缺而復彰，《爾雅》古注，實賴是而存也。

第八章　清儒對《爾雅》作者時代及篇卷之考證：《爾雅》作者時代之問題，歷來異說迭起，未有定論。清儒之考證則有：以爲周公所制、後人所補者，邵晉涵等主之；以爲周公所制、孔門所補者，夏味堂等主之；以爲周公所作、後人又附益之者，孫星衍主之；以爲孔門所作者，臧庸主之；以爲成於《六經》未殘之時者，戴震主之；以爲秦、漢間學者所纂集者，崔述主之；以爲漢人所作者，姚際恆主之；以爲成於毛公以後、漢武以前者，《四庫提要》主之；以爲劉歆僞作者，康有爲主之。至於清儒對《爾雅》篇卷之考證，則有四說：一以爲有〈序篇〉一篇，王鳴盛等主之；二以爲有〈釋禮〉一篇，翟灝主之；三以爲〈釋詁〉文多古分上、下，宋翔鳳等主之；四以爲〈釋詁〉分上、下又別有〈序篇〉，亦宋翔鳳所主。

第九章　清儒由《爾雅》發端之學：清儒於研究《爾雅》之中，又發展出其它相關之學，即互訓派之轉注、釋詞之學、名物考證之學、擬《雅》之學是也。戴震、段玉裁等以《爾雅》之互訓即六書之轉注，從其說者眾，衍爲清世言轉注之最大派。釋詞之學，劉淇、王引之肇其端，王氏《經傳釋詞》爲釋詞學之代表，其〈自序〉即曰：「語詞之釋，肇於《爾雅》。」。名物考證學，爲清儒至特殊之學，緣以小學之發達，故諸家能窮究於一名一物之考辨，成就極大。擬《雅》之學亦是清儒之獨創，取材範圍之廣，又溢出《爾雅》甚多，而其例皆仿《爾雅》而來，是又清儒治《爾雅》外之盛事也。

第十章　結論：歸納清代《爾雅》學之特色與貢獻，計有：精於文字校勘、精於搜覓輯佚、精於文字聲韻、新的義疏之學、擬《雅》之學興盛、《雅》學系統研究六端。本章並檢討本書研究之成果、限制，提供未來研究之方向。

附錄一　「歷代《爾雅》著作表」：將本文著錄之歷代《爾雅》著作，依編號、書名、卷數、作者、時代、存佚、內容大要、板本、備考之序，制表以便檢索尋覽。

附錄二　「歷代《爾雅》藝文紀事繫年表」：將所考歷代《爾雅》藝文紀事，依編號、國號、帝號年號年數、西元、藝文紀事、備考之序，制表以便檢索尋覽，《爾雅》學之源流，或可約略而知。

目　次

第十五冊　《爾雅・釋訓》研究

作者簡介

李建誠，國立中央大學中文研究所碩士，現任崑山科技大學通識教育中心專任副教授，主要研究範圍爲《爾雅》、訓詁學、詞彙學等。

提　要

《爾雅》在訓詁學的研究中，一直占有重要地位。本文的主要研究對象為與特定經書《詩經》有密切關係的《爾雅・釋訓》篇。由此篇之特殊性質，可研究以下兩個目的：（一）考察《爾雅》疊字等複音詞的結構和意義。（二）因《釋訓》與《詩經》訓詁關係密切，可藉此探究《爾雅》解經的功能、性質及限制，且可反映訓詁本身的範圍問題。

本文之研究，先將該篇分為三個部分：（一）「明明、斤斤，察也」以下至「穰穰，福也」。（二）「子子孫孫，引無極也」至「速速、蹙蹙，惟逑鞫也」。（三）「甹夆，掣曳也」以下至最末「鬼之為言歸也」。第二章即處理第一部分，討論疊字義是否由單字義而來的問題，此章說明了疊字義與單字義之間，因歧義及假借的影響，使其關係變得異常複雜。第三章討論「雙組重疊」的特殊構詞，提出區分「雙組重疊」與「單組重疊」之標準及問題所在，結論大抵為《詩經》中的「雙組重疊」若以較嚴格的標準來要求，則其存在值得再加研究。第四章討論第三部分直引《詩》文或解《詩經》詞語者，以其中三條為例，說明《釋訓》釋連綿字的問題，以及進一步探究疊字的結構及意義；最後則說明訓詁的實際範圍，並不限於詞語的意義，而是包含句義以至篇章之義。

目　次

《經傳釋詞》辯例

作者簡介

程南洲，1941 年出生，臺灣雲林人。國立政治大學中國文學研究所博士班畢業，獲國家文學博士學位。歷任國立政治大學、國立臺北商業技術學院、明志科技大學、開南大學等校教授。著有《東漢時代之春秋左氏學》、《左傳賈逵注與杜預注之比較研究》、《倫敦所藏敦煌老子寫本殘卷研究》等書。

提　要

清・阮元曰：「實字易訓，虛詞難釋。」蓋語詞之釋，肇於《爾雅》，然所釋有限。兩漢之時，說經者崇尚雅訓，凡實義所在，皆明著之，而語詞之例，則略而不究，或以實義釋之，遂使文義扞格，而意義難明。下逮魏晉《顏氏家訓》，雖有〈音辭篇〉，於語詞亦少有發明。唐宋之際，漸有創見。至清劉燦著《支雅》，首列釋詞之篇，劉淇作《助字辨略》，專辨助字之義，始有釋詞之專著。迄乎王氏引之，更剌取九經、三傳以及周秦兩漢之書，作成《經傳釋詞》十卷，遂於訓詁學中另立釋詞一派。王氏之後，吳昌瑩《經傳衍詞》、裴學海《古書虛字集釋》皆是續裘之作。逮乎馬建忠《文通》、楊樹達《詞詮》，更以文法之詞性辨析虛詞，釋詞學又進入一新境界矣。總之，王氏《釋詞》乃是集《爾雅》之來虛詞之大成，下開釋詞學一派之宗脈，其功偉矣。

本論文共分六章，首章辯析《釋詞》編排之次序，次章按文法詞性辯析《釋詞》所訓釋之類別，三章辯析《釋詞》訓釋字義所用之方法，四章辯析《釋詞》所訓釋之範圍，五章說明《釋詞》訓詁所用之術語，末章爲結論，綜論《釋詞》一書之優劣得失。

目　次

第十六冊　李清照研究

作者簡介

何廣棪，字碩堂，號弘齋，香港新亞研究所文學博士。歷任香港大專院校教職，現任臺灣華梵大學東方人文思想研究所教授。早歲研究李清照、楊樹達、陳寅恪、敦煌瓜沙史料，頗有著述。近年鑽研陳振孫及《直齋書錄解題》，出版之專書並發表之論文，甚受海峽兩岸士林關注與延譽。至其所撰有關李清照之專著，除本書外，尚編撰有《李易安集繫年校箋》、《李清照改嫁問題資料彙編》及相關論文十數篇。

提　要

本書乃全方位鑽研李清照生平及其著述之專著，全書凡分八章。撰人融會豐富之材料，運用謹嚴考據方法，並從文學欣賞角度，依次遍考及鋪陳易安居士行實，與評賞其詩、文、詞、賦等作品。有關清照〈詞論〉，則就其對詞之聲律所作議論與要求，及其對北宋詞人所發表抑揚之論說，均作深入、精細之分析，以期考究出其間之是非得失與因由所在。至清照與趙明誠《金石錄》之關係，本書亦有翔實之考證與闡說。至如對清照作品之眞僞考證、繫年辨證、版本探究，撰者亦能提出充分之證佐，並作認眞之研究。察其功力所屆，綿密深厚，見解新穎，鑿破鴻蒙之處不少。書末附文五篇，涉及清照子嗣、〈打馬賦〉解說、《打馬圖經》版本、易安改適、李清照研究論文目錄等問題。所附論文倘與本書相參爲用，庶可達致互爲補充、兩相參證之效果。

目　次

第十七冊　《李易安集》繫年校箋

作者簡介

何廣棪，字碩堂，號弘齋，香港新亞研究所文學博士。歷任香港大專院校教職，現任臺灣華梵大學東方人文思想研究所教授。早歲研究李清照、楊樹達、陳寅恪、敦煌瓜沙史料，頗有著述。近年鑽研陳振孫及《直齋書錄解題》，出版之專書並發表之論文，甚受海峽兩岸士林關注與延譽。至其所撰有關李清照之專著，除本書外，尚編撰有《李易安集繫年校箋》、《李清照改嫁問題資料彙編》及相關論文十數篇。

提　要

本書乃繼《李清照研究》後而編撰。著者除盡量搜羅易安居士詞、詩、文（含「賦」）等作品外，亦收集相關疑作、僞作，及前人對清照作品之書錄、序跋、題詠、評論等資料。全書分「正編」、「副編」、「附錄」三部分以作編理。

「正編」收清照傳世眞作，計詞四十三首、詩十八首、文七篇、逸句十七、逸文二。

「副編」收疑作及僞作計詞四十二首、逸句二。

「正編」、「副編」所收作品，均依需要撰寫「校記」、「評箋」、「繫年」與「考證」。「校記」以本書爲底本，而校以1962年上海中華書局出版《李清照集》，亦校以他本或他書。「評箋」所收皆爲與作品有關之故實，或前人對清照作品之評論。「繫年」則羅列四作澄，對清照作品詳予繫年。「考證」則對存疑及僞作詳予稽考，俾可辨僞存眞於清照作品。

「附錄」部分，凡收「書錄」四十四則，「序跋」四十五篇，「題詠」詩六十九首、詞十首，另收「前人評論」三十三則。

全書資料富贍，編理得宜，考證確鑿，文辭順適。涂公遂教授序此書曰：「何子廣棪素尊易安，凡涉易安詩文本品評諸作，無不精研參澄，十數年而不輟。舊歲曾著《李清照研究》一書，現已傳誦士林；今更譔《李易安集繫年校箋》，都數十萬言，涂稽詳考，踰於前書。治易安者歎觀止矣！」涂〈序〉抑楊未逾其實，洵爲知言。

目　次

第十八冊　李清照改嫁問題資料彙編

作者簡介

何廣棪，字碩堂，號弘齋，香港新亞研究所文學博士。歷任香港大專院校教職，現任臺灣華梵大學東方人文思想研究所教授。早歲研究李清照、楊樹達、陳寅恪、敦煌瓜沙史料，頗有著述。近年鑽研陳振孫及《直齋書錄解題》，出版之專書並發表之論文，甚受海峽兩岸士林關注與延譽。至其所撰有關李清照之專著，除本書外，尚編撰有《李易安集繫年校箋》、《李清照改嫁問題資料彙編》及相關論文十數篇。

提　要

李清照，號易安居士。其改嫁問題，自南宋以還歷經前人紛紜聚訟，迄今仍餘波未了。其實，易安改嫁與否，殊無關宏旨；即令改嫁屬實，亦無損乎易安之人格。惟改嫁與否一事，其間牽涉史料之眞與事實之是非，故其事猶有俟後人深入研究，以明眞相。

本書編撰目的，即爲解決易安改嫁問題提供較完備而系統之資料，故舉凡與此問題相關涉之文獻材料，洪纖不遺，均予采錄。肇自南宋，以迄當世，初得一百五十四則（篇），後又撰文補遺六則。全書概依資料歲月先後爲序以作彙編。讀者手此一書，當可減省無數尋檢之勞也。

書末附〈編理後紀〉，編者將全部資料就內容加以類別，並作闡說。讀者用之以按圖索驥，檢閱所需材料，自可坐收事半功倍之效。

目　次

第十九冊　王梵志、寒山、龐蘊通俗詩之比較研究

作者簡介

方志恩，臺灣省台南市人，一九七九年生。華梵大學中國文學系、東方人文思想研究所博士班畢業。現任南市安順國中補校國文教師，曾任華梵大學東方人文思想研究所《佛教文獻與佛教文學研究專刊》、《儒家思想與儒學文獻研究專刊》主編，發表有〈明代詞僧釋正嵒生平事蹟繫年〉、〈宋代詞僧釋淨端及其《漁家傲》四闋探研〉、〈從歷代目錄看《拾得詩》之版本及其流傳情況〉、〈唐白話詩派研究述略——以王梵志、寒山、龐蘊為考察對象〉、〈從來是拾得，不是偶然稱——唐白話詩僧拾得生平年代考略〉、〈《寒山詩集》唐

代傳本考述〉等學術論文。

提　要

本文以「王梵志、寒山、龐蘊通俗詩之比較研究」爲題，乃取唐通俗詩派代表人物——王梵志、寒山、龐蘊作品爲探究對象，並依詩歌歷史淵源、詩人生平、詩集版本、詩作比較及對後世影響等次第，進行深入而有系統之研究。

首章分成研究動機、方法、文獻檢討分析與章節安排等小節。其中「相關文獻檢討與分析」一節，梳理不少王、寒、龐三人相關材料，並依據文獻內容進行分析與評述，對後人瞭解詩派探究現況，甚具參考價值。次章，則考述王梵志所屬通俗詩派沿革過程與實質內涵，分別以「興起歷史背景」、「形成淵源」、「主要特徵」等議題進行闡釋。

第參章「詩人生平與詩集流傳」，主要有「詩人生平問題」與「詩集文本整理」兩大主軸。首先，詩人生平部分，除考釋王梵志、寒山、龐居士當前研究成果外，對三人生平事蹟相關疑點亦嘗試解決。而「詩集流傳與前人整理」，是依據王、寒、龐詩集版本源流、作品搜佚、理彙等相關論題，作全面而有系統之考述。

至於第肆章詩作比較，可歸納出以下結論：一、「題材風格」：王氏具有反映史實，爲民發音現象，並偏好以嘲諷言語方式，使其世俗作品呈現「狂狷」風格。而宣揚佛理詩篇，則擅長營造意象之表現；寒山詩作風格雖與王氏雷相同，卻鮮少尖酸、辛辣成分，反帶有幾分文人之典雅氣息，另其宗教詩篇造境技巧卓越，是作品爲後人稱頌主要原因；至龐蘊詩處處不離禪法之示說，導致其題材樣貌乏善可陳。二、「寫作手法」：三人言語風格大致相仿，惟疊字修辭，寒山運用較靈活，形式多變；詞彙色調分析，王氏採用尖銳色系，表達詩旨，寒、龐二人分別以理性詞彙，柔性對眾人訴說；而在新詞之創造，梵志、寒山則展現高超掌控能力，有其獨特之處。三、「創作表徵」：王、寒、龐多用「指導者之高度」與「不落俗套」之特殊思維，表達創作初衷。最後事物白描構思功力方面，王、寒表現脫俗，往往在龐氏之上。

末二章則用筆記、詩話，以明後人對王、寒、龐詩作之評述，賡續介紹作品對後世之影響。另總結三人通俗詩在中國俗文學史上有一定地位與價值，後依各章研究成果及本文可續探議題予以說明。

目 次

第二十冊　明太祖御製《道德眞經》之研究

作者簡介

蔡僑宗，民國 65 年生，省立鳳山高中畢業，國立中正大學中國文學系畢業，國立中正大學中國文學研究所畢業。

曾任教於國立佳冬高農、國立龍潭農工、高雄縣立寶來國中、市立高雄高工，現任教於國立恆春工商職業學校。

提　要

老子思想就像一取用不盡的寶藏，可以承受任何時間、任何人物，以各種形式之探勘與挖掘，表現出與眾不同之見解。

各時代對老子思想皆有不同之詮釋發揮，才有所謂「漢老子」、「晉老子」、「唐老子」、「宋老子」等各個時代風格之稱謂。

有學者把歷代注本分門別類，簡單地分爲十二類。這其中，最令人注意者，則是御注這一派別。

帝王御注道德經，最初始於梁武市蕭衍，梁簡文帝蕭綱繼之，周文帝、梁元帝、唐睿宗、唐玄宗、宋徽宗、明太祖、清世祖等均曾作過注。現今可見御注之原貌，僅道藏所收之三聖御注（唐玄、宋徽、明祖）及四庫全書所收之清世祖御注，其餘則全部亡佚矣。

現存四聖御注中，又以明太祖之御注最爲特別。明太祖乃王朝之開創者，出身社會之最底層，其思想與其他三位更是不同。是以本論文即以最具特色之洪武御注著手，輔以前賢所開創之成果爲基礎，從各方面如朱元璋個人因素、政治、社會等等角度來切入，盼能從其中獲得一些脈絡與解答，能深入了解洪武御注之實際內涵。

目　次

《異苑》校證

呂春明　著

作者簡介

呂春明，民國45年生，文化大學中文系學士，文化大學中文研究所碩士。曾任文化大學中文系助教，現於德明財經科技大學，通識中心擔任教職。

提　　要

本論文共分三部分。

首為緒論。作者劉敬叔，《宋書》、《南史》俱無其傳，乃據其他可考資料為作小傳；再就所知所見，敘述《異苑》一書之版本；並對其內容作一分析及探討其價值。

次為《異苑》一書之校證。乃就唐宋類書，如《北堂書鈔》、《藝文類聚》、《初學記》、《白孔六帖》、《太平御覽》、《太平廣記》、《事類賦》、《事物紀原集類》、《海錄碎事》、《事文類聚》、《類說》等；及古注，如世說新語注、水經注、後漢書注、文選注等所引，並參核比對同一時期之其他志怪小說集，如《神異經》、《神仙傳》、《搜神記》、《搜神後記》、《幽明錄》、《述異記》等書，探討各書間彼此沿襲、影響的現象，並對其中被刪減、濃縮或傳鈔脫誤之處，從事校勘增補，以復其舊觀，便利後人之閱讀。

末則蒐集《異苑》佚文附錄之，使成完帙。

目次

凡　例

一、本書之校訂，以明崇禎毛晉汲古閣刊《津逮秘書》本《異苑》十卷爲底本，參校以古注、類書。

二、諸書有足訂底本訛誤者，均加採摭；若文字相異而義可兩通者，亦予收錄；書中字義難曉者，則略加訓釋。

三、底本每卷各條前，原無小題，本書則於所校證各條首句下，據《學津》本《異苑》之標題以括號注出，以便檢覽。

緒　論

壹、作者小傳

劉敬叔，字敬叔，宋彭城（今江蘇徐州市）人（西元 390？～468？）。《宋書》、《南史》俱無其傳，明胡震亨始採輯諸書，爲作補傳，稱敬叔少穎敏，〔註 1〕有異才，晉末起家中兵參軍、司徒掌記。安帝義熙中，任南平郡公劉毅郎中令。〔註 2〕義熙七年，免南平國郎中令。〔註 3〕義熙十三年，任長沙景王劉道憐（武帝劉裕弟）之驃騎參軍。〔註 4〕

後劉毅以褊躁驕侈爲裕討，及毅誅，裕乃自立，國號宋，是爲武帝，永初元年，召敬叔爲征西長史。文帝元嘉三年，入爲給事黃門郎。明帝泰始（胡

〔註 1〕《廣記》一一三引《冥祥記》云：「周嵩婦胡母氏有素書大品，……永嘉之亂，胡母氏時避兵南奔，經及舍利自出篋外，因求懷之，以渡江東，又嘗遇火，不暇取經，及屋盡火滅，得之於灰燼之下，儼然如故。會稽王道子就嵩曾孫雲求以供養，後常暫在新渚寺。劉敬叔云，曾親見此經，字如麻子，點畫分明。」時敬叔年約十四歲，即能視素書經，故胡氏稱其「少穎敏」。

〔註 2〕《珠林》七九引《冥祥記》云：「義興（當作「熙」字）五年大旱，陂湖竭涸，苗稼燋枯，祈祭山川，累旬無應，毅乃請僧（指漢沙門竺曇）設齋。……，劉敬叔時爲毅國郎中令，親豫此集，自所覩見。」

〔註 3〕《宋書·五行志》云：「晉安帝義熙七年，晉朝拜授劉毅世子。毅以王命之重，當設饗宴親，請吏佐臨視。至日，國僚不重白，默拜於廳中。王人將反命，毅方知，大以爲恨，免郎中令劉敬叔官。」

〔註 4〕《異苑》卷三「晉義熙十三年」一則，敬叔自稱「余爲長沙景王驃騎參軍，在西州。」考《宋書》長沙景王道憐傳，時方以驃騎將軍，領荊州刺史，與敬叔所記相合，正可補胡震亨傳文之疏。

氏作太始）中，卒於家。〔註5〕

貳、版本介紹

《異苑》，〈隋志〉（史部雜傳類）、《通志》，並著錄十卷。其後〈經籍志〉、〈藝文志〉，書目皆不見之，至清纂修《四庫全書》，始將其列入小說家異聞之屬。

今就所知所見，敍其版本如下：

一、明萬曆胡震亨刊《秘冊彙函》本（簡稱胡本）。**書影一**

此本十卷。

二、明崇禎毛晉汲古閣刊《津逮秘書》本（簡稱毛本）。**書影二**

第十一集收。此本十卷，題「宋劉敬叔撰」，「明胡震亨毛晉同訂」。卷首有〈武原胡震亨異苑題辭〉及〈劉敬叔傳〉一文。卷尾載〈毛晉識語〉。

三、《說郛》本。書影三

第一一七卷收。此本不分卷，僅三十四則，係節本。

四、《五朝小說》本。書影四

此亦節本，乃據《說郛》本排印者。收在《五朝小說大觀》第一函魏晉小說第三冊。上海掃葉山房發行。

五、《古今說部叢書》本。書影五

第二集第十一冊收。此本十卷，題「宋劉敬叔撰」，「明沈士龍胡震亨同校」。卷首有「繡水沈士龍識」之〈異苑序〉。

六、清文淵閣《四庫全書》本（簡稱「《四庫》」本）。**書影六**

此本十卷。卷首有〈異苑提要〉（紀昀纂）。

七、《學津討原》本（簡稱《學津》本）。**書影七**

此本十卷。臺北藝文印書館印《百部叢書集成》收，分作二冊。前有《四庫提要》、胡震亨〈異苑題辭〉及〈劉敬叔傳〉、〈異苑目錄〉（此爲他本所未有），後有《四庫提要辨證》，毛晉〈識跋〉。

〔註5〕宋明帝泰始共七年，即西元465～471年，敬叔卒于泰始中，則約當泰始三年或四年（西元467或468）。

八、《說庫》本。書影八

此本十卷。近人王文濡輯。民國上海文明書局石印本。

此外，尚有：

◎《舊小說》甲集第二冊收七則（頁 172～175），此乃採自《廣記》者，無關重要。

◎ 增補《津逮秘書》，第八冊收，十卷。臺北中文出版社印。乃據毛本排印爲四合一本。

◎《筆記小說大觀》十編第一冊收，十卷。臺北新興書局印。乃據《說庫》本排印者。

◎ 王仁俊輯《異苑佚文》一卷（未見）

王仁俊，字扞鄭，清吳縣人。所輯佚文一卷載於經籍佚文（叢書子目類編）。

參、內容分析及其價值

一、內容分析

今本《異苑》幾乎全以「時日——姓名」之順序記載故事，〔註 6〕而唐宋類書所引《異苑》，卻是以「姓名——時日」之順序出現，可知在《御覽》及《廣記》編纂成書的宋代初期，尚未見及今本《異苑》，且類書有引及《異苑》故事，而未見於今本《異苑》者；亦有今本《異苑》較類書所引，內容簡略，而不具完整之故事形態者，〔註 7〕則可推斷今本《異苑》或是後人〔註 8〕據唐

〔註 6〕今本《異苑》全部三八三條，而以「姓名——時日」之順序記載者僅二十條，即卷一井磚疑龍，卷二柑化鳶，卷三虎攫府佐、蛇應雉媒、鍾忠畜虵，卷四天麥、神自稱玄冥、洛城二鵝、刺史預兆、賈謐伏誅、狗作人言、張司空暴疾、謝臨川被誅，卷五雙屐，卷六荀澤見形，卷八欒廣治狸怪、吏變三足虎、謝白面，卷十雷震不驚、周虓守節。

〔註 7〕如卷四「青衣女子」條，今本僅作如下數語：「晉阮明泊舟西浦，見一青衣女子，彎弓射之，女即軒雲而去，明尋被害。」而《寰宇記》八九引，作「交州阮郎，晉永和中，出都至西浦泊舟，見一青衣女子，云杜蘭香遣信，託好君子。郎愕然云，蘭香已降張碩，何以敢爾？女曰：伊命年不脩，必遭凶危，敬聞姿德，志相存恤。郎彎弓射之，即馳牛奔轂，軒遊霄漢，郎尋被害。」則較今本內容更詳細，對話更完整。

〔註 8〕指明末好事者，如胡震亨、毛晉輩。

宋類書及古注所引，再變更其「姓名——時日」之順序，集輯而成者。

《四庫提要》云：「其書（指《異苑》）皆言神怪之事，卷數與《隋書・經籍志》所載相合。〔註9〕……，又稱宋高祖爲宋武帝裕，〔註10〕直舉其國號名諱，亦不似當時臣子之詞，疑已不免有所佚脫竄亂，然核其大致，尚爲完整，與《博物志》述異記，全出後人補綴者不同，且其詞旨簡澹，無小說家猥瑣之習，斷非六朝以後所能作。」洵爲的論。

本書除第十卷幾全載節烈、軼聞事與志怪不合外，餘皆多言神靈怪異之事，所述故事年代包括兩漢、三國、兩晉，以及與敬叔同時代的宋，尤以晉代傳說爲富，且多釋家之言。其內容大體依類編排，今試分析如下：

卷一　多載地理、風土人情。

卷二　記古迷信、器物成妖之類，並雜以他說。

卷三　多言各種動物之變化，並含報應。

卷四　多載徵兆、讖應、謠諺、災異。

卷五　多載淫祀、因果報應。

卷六　幾全載神鬼之事。

卷七　多載相墓、夢兆。

卷八　多載妖魅、怪胎。

卷九　多載卜卦、術數。其中記管輅事，有十則之多，蓋敬叔之時代距建安未遠，管輅傳說，里巷猶在盛道，故所記頗爲詳贍。

卷十　則多載忠烈節義事。如會稽曹娥、潯陽周虓、蜀郡張貞婦、順陽楊香等人，或爲父而投江，或守節而不屈，或爲夫而溺死，或爲救父而搤虎頸，不一而足。

二、價　值

《異苑》一書，固以張皇鬼神，稱道靈異爲大宗，然也保存了不少三國時代，有晉一朝之奇聞異事、人士烈女，考其爲用，約有數端：

1. 足與史書相參證

史書所載，或有未詳者，此書實足以相參證。如：

桓玄生而有光照室，善占者云：此兒生有奇曜，宜目爲天人。宣武

〔註9〕《隋書・經籍志・史部・雜傳類》云：「《異苑》十卷宋給事劉敬叔撰。」

〔註10〕見今本卷四「劉寄奴」條。

嫌其三文，復言爲神靈寶，猶復用三。既難重前郤，減神一字，名曰靈寶。（卷四〈桓靈寶〉）

《晉書》九九〈桓玄傳〉云：「……，馬氏得而吞之，若有感遂有娠。及生玄，有光照室，占者奇之，故小名靈寶。」

敬叔之說，則較詳贍。

陳郡謝石字石奴。太元中少患面瘡，諸治莫愈。夢日環其城，乃自匿遠山，臥於岩下。中宵有物來舐其瘡，隨舐隨除。既不見形，意爲是龍，而舐處悉白，故世呼爲謝白面。（卷八〈謝白面〉）

《晉書》七九〈謝安〉附傳：「（謝）石少患面創，療之莫愈，乃自匿。夜有物來舐其瘡，隨舐隨差，舐處甚白，故世呼爲謝白面。」

當即取材於此。

2. 保存六朝習慣用語

六朝志怪小說之作者，每以樸實之文字、簡潔之形式，來記載當時的傳說故事或軼聞奇事，其中保留了不少俗語和方言。如：

晉太原郭澄之，字仲靖。義熙初，諸葛長民欲取爲輔國諮議，澄之不樂。後爲南康太守。盧循之反自廣州，長民以其無先告，因騁私惡，收澄之以付廷尉，將致大辟，夜夢見一神人，以烏角如意與之。雖是寤中，殊自指的。既覺，便在其頭側，可長尺餘，形制甚陋。澄之遂得無恙。後從入關，賫以自隨，忽失所在。（卷七〈夢得如意〉）

《御覽》四八九引裴子《語林》：「有人詣謝公，別。謝公流涕，人了不悲。既去，左右曰：『客殊自密雲。』謝公曰：『非徒密雲，乃自旱雷。』」

殊自，猶言仍然也。

安定梁清，字道脩。……又歌云：『坐儂孔雀樓，遙聞鳳凰鼓。下我鄒山頭，彷彿見梁魯。』（卷六〈梁清家諸異〉）

《廣韻》：「儂，我也，吳人自稱曰我儂。」《珠林》四二引，作「登阿儂孔雀樓」。

阿者爲當時稱人習語，與吳語「儂」字連用，則爲我之暱稱也。

3. 舊慣習俗信仰之反映，允為後世民俗學之瑰寶

此書所載，若卷四〈魂臥曝薦〉，卷五〈竹王祠〉、〈紫姑神〉，卷八〈胎教〉、〈屍生兒〉，卷十〈田文五月生〉諸條，其中保存了許多民間故事及諸般信仰、忌諱之資料，此非特可爲研究民俗學者所取資，亦多爲後世傳說之根源。

《異苑》校證

卷　一

俱化成青絳，（〈美人虹〉）

《御覽》一四引，「青絳」作「青虹」。

故俗呼美人虹。

《御覽》引，「呼」下有「爲」字，「人」下無「虹」字。《古今合璧事類》四引，「呼」下亦有「爲」字。蕭統《錦帶書》姑洗三月：「虹跨澗以成橋，遠現美人之影。」

郭云：「虹為雩，俗呼為美人。」

《類聚》二、《御覽》、《古今合璧事類》四引，俱無此句。

案：《爾雅·釋天》云：「螮蝀謂之雩。螮蝀，虹也。」郭璞注云：「俗名爲美人虹，江東呼雩。」《詩》云：「蝃蝀在東，莫之敢指。」《傳》曰：「蝃蝀，虹也，夫婦過禮則虹氣盛，君子見戒而懼諱之，莫之敢指。」《說文》螮篆下云：「螮蝀，虹也。」

晉義熙初，晉陵薛願有虹飲其釜澳，（〈飲虹吐金〉）

《書鈔》一五一、《類聚》二、《初學記》二、《御覽》一四、《事文類聚前集》四、《古今合璧事類》四引，「義熙初」三字並在「願」字下。《書鈔》、《初學記》、《六帖》二、《事文類聚前集》引，無「澳」字，《御覽》

引作「燠」字,《廣記》三九六引《文樞鏡要》作「鬲」字。

案:沈括《夢溪筆談》二一云:「世傳虹能入溪澗飲水,信然,熙寧中,予使契丹,至其極北黑水境永安山下卓帳,是時新雨,霍見虹下帳前澗中,予與同職,扣澗觀之,虹兩頭皆垂澗中,使人過澗,隔虹對立,相去數丈,中間如隔綃縠,自西望東則見,立澗之東,西望則爲日所鑠,都無所覩。」又《羣書類編故事》一亦有引。《六帖》二引《新書》云:「永正二年三月,彩虹入潤州大將張子良宅,初入漿甕,水盡,入井飲之。」澳,《正字通》:「本作澳。」《說文》:「澳,隈厓也。」《詩》云:「瞻彼淇奧」,《傳》曰:「奧,隈也,奧者,隩之叚借字也。」《說文》:「隩,水隈厓也。」又《釋文》云:「奥,本作燠」,是「澳」、「燠」、「隩」、「奧」四字,音同義通。

須臾噏響便竭,

《書鈔》引,無此句。《類聚》、《六帖》、《御覽》、《事文類聚前集》、《古今合璧事類》引,俱無「須臾」二字。《初學記》、《六帖》、《事文類聚前集》引,「噏」作「翕」,《御覽》引作「吸」。

案:有「須臾」二字,則上下文義較通暢。《說文》:「翕,起也。」段注:「翕從合者,鳥將起必斂翼也。」於義不合,當作「噏」字,廣韻:「噏,與吸同。」

隨投隨涸,

《初學記》、《事文類聚前集》引,無「隨投」二字。《御覽》引作「隨投便竭」,當是涉上文而衍。《事文類聚前集》、《古今合璧事類》引,「涸」作「咽」,於義不合。蓋以形似而訛也。

便吐金滿釜,

《書鈔》、《類聚》、《初學記》、《御覽》、《事文類聚前集》、《古今合璧事類》引,「釜」作「器」。

於是灾弊日祛,而豐富歲臻。

《四庫》本,「祛」作「袪」。

案:袪,《說文》云:「衣袂也。」於義不合,當作「祛」字。《書鈔》、《類聚》、《初學記》、《御覽》、《事文類聚前集》引,「灾」並作「災」。

案:「烖」、「灾」、「災」、「菑」、「�」均同義,本義爲天火,後引申爲凡害之倆。

無孔竅，（〈虹化嫗〉）

《書鈔》一五一引，「孔」上多一「有」字，此句下復有「從鼻眼出處」五字。

婢駭怖告湛，湛遂抽刀逐之，化成一物，

《書鈔》引，無「告湛」二字，「逐之」作「再斬」，「化成」作「化爲」。

上沒霄漢。

《書鈔》引，「漢」下有「也」字。

長沙王道憐子義慶，（〈白虹入室〉）

《廣記》三九六引《獨異志》，作「宋長沙王道隣子義慶」。

案：劉道憐，南朝宋人，乃武帝之中弟，謚景，爲荊州刺史，武帝受禪後，封爲長沙王。見《宋書》五一，《南史》一三。《廣記》引作「道隣」，誤也，當作「道憐」。

食次，

《廣記》引作「食粥次」，當是涉下文「就飯其粥」而衍。

衡陽山九嶷山，（〈九嶷山舜廟〉）

《類聚》七九引，無後一「山」字。

案：《山海經》一八〈海內經〉：「南方蒼梧之丘，蒼梧之淵，其中有九嶷山，舜之所葬，在長沙零陵界中。」注云：「山今在零陵營道縣南，其山九谿皆相似，故云九疑。古者總名其地爲蒼梧也。」

皆有舜廟，

《寰宇記》一六二云：「舜廟，虞山之下，是舜祠設廟之處，有潭號曰皇潭，言舜南巡遊其潭因名。」

每太守修理祀祭潔敬，則聞絃歌之聲。

《類聚》引無此句。《四庫》本，「祀祭」作「祭祀」。又《四庫》本、《古今說部叢書》本、《說庫》本，「潔」並作「潔」。

案：《正字通》：「潔，俗作潔」。《初學記》五引羅含《湘中記》云：「衡山九疑，皆有舜廟，太守至官，常遣戶曹致敬修祀，則如有絃歌之聲。」

漢章帝時，零陵文學奚景於冷道縣祠下，

《類聚》引作「漢世，零陵文學姓奚，於冷道縣舜祠下」。

得笙白玉管，

《類聚》引，無「白」字。

衡山有三峯極秀，（〈衡山三峯〉）

《爾雅・釋山》云：「霍山爲南嶽。」邢疏：「衡山一名霍山。」《初學記》五：「故南岳衡山，朱陵之靈臺，太虛之寶洞，上承冥宿，銓德鈞物，故名衡山；下踞離宮，攝位火鄉，赤帝館其嶺，祝融託其陽，故號南岳。」

澄天明景，輒有一雙白鶴，廻翔其上；

《四庫》本，「澄天明景」作「天景明澈」（《初學記》五同）。《古今說部叢書》本、《四庫》本、《學津》本、《說庫》本、「雙」均作「雙」，雙乃雙之俗寫。《初學記》五，「廻」作「徊」。《初學記》三〇引盛弘之《荊州記》，亦作「廻」。

峯上有泉，飛派如一幅絹，分映青林，直注山下。

《古今說部叢書》本、《學津》本、《四庫》本，「派」作「派」。《初學記》五作「上有泉水，飛流如舒一幅練」，《六帖》五作「上有泉水，飛流如練帶」。《初學記》、《六帖》引俱無後兩句。《御覽》七一引《幽明錄》，作「峯下有泉，飛流如舒一疋絹，分映青林，直注山下，雖纖羅不動，其上翛翛，恒凄清風也。」

案：絹、練均爲絲織物也，「一幅絹」、「一幅練」、「一疋絹」均狀泉水飛流，一瀉千里之貌。

長沙羅縣，有屈原自投之川，山明水淨，（〈汨潭馬跡〉）

《類聚》七九引，「山明水淨」作「山水明淨」。

案：《讀史方輿紀要・湘廣・長沙府》：「湘陰縣，春秋時羅國地，秦置羅縣，漢屬長沙國，劉宋爲湘陰縣地。」長沙羅縣即今湖南省湘陰縣也。川指汨羅江，汨羅，水名，源出江西省修水縣西南山中，是爲汨水，西南流，入湖南省境，經湘陰縣東北，又有羅水，發源於岳陽縣，西流來會，乃稱汨羅江。《海錄碎事》三：「汨羅江，屈原沈死之所，在湘陰縣北五十里。」

尋陽姑石山，(〈姑石山〉)

《學津》本、《御覽》三九二引，「尋」作「潯」。又《類聚》一九、《御覽》引，俱脫「山」字。

初桓玄至西下，

《學津》本，「玄」作「元」。

會稽天臺山，雖非遐遠，(〈天臺山〉)

《御覽》四一引，無「雖非」二字，文義不足。

自非卒生忘形，

《五朝小說》本，「卒」作「舍」。《類聚》七、《初學記》五、《六帖》五、《御覽》引，「卒」作「忽」。

則不能躋也。

《類聚》、《初學記》、《御覽》引，均無「則」字。《六帖》引，「也」作「焉」。

赤城阻其徑；瀑布激其衝，石有莓苔之險；淵有不測之深。

《五朝小說》本，「徑」作「境」。《說郛》本，「深」作「㴱」。《御覽》引，「徑」作「逕」，「險」作「嶮」。

案：《說文》：「突，深也。」段注：「突㴱，古今字，篆作突㴱，隸變作罙深。」是㴱即深也。《說文》：「徑，步道也。」《玉篇》：「逕，路逕也。」徑逕同義。《釋文》：「嶮與險同。」皆阻難之義。

《文選》一一孫綽〈遊天臺山賦〉：「赤城霞起而建標，瀑布飛流以界道。」李善注云：「支遁〈天臺山銘序〉曰：『往天臺山當由赤城山爲道徑。』孔靈符《會稽記》曰：『赤城，山名，色皆赤，狀似雲霞，懸霤千仞，謂之瀑布，飛流灑散，冬夏不竭。』《天臺山圖》曰：『赤城山，天臺之南門也；瀑布山，天臺之西南峯，水從南巖懸注，望之如曳布，建標立物以爲之表識也。』」又曰：「跨穹隆之懸磴，臨萬丈之絕冥。」注云：「顧愷之啓蒙記曰：『天臺山，石橋路逕不盈尺，長數十步，步至滑，下臨絕冥之澗。』」言淵有不測之深也。又曰：「踐莓苔之滑石，搏壁立之翠屏。」言石有莓苔之險也。

烏程卞山，本名土山，有項藉廟，（〈卞山石櫃〉）

《說郛》本、《四庫》本、《學津》本、《說庫》本，「藉」均作「籍」（《廣記》二九四引同），《五朝小說》本，作「有項姓者」。

案：《史記》七：「項籍者，下相人也，字羽。」《漢書》三一：「項籍，字羽，下相人也。」知「藉」乃「籍」字之誤，當據正。《寰宇記》九四引周處《風土記》云：「卞山當作冠弁之弁」。

陳郡殷康常往開之，

《五朝小說》本，「殷」作「郤」。

案：殷康，晉陳郡人，字唐子。郤字乃形似而訛。

風雨晦冥，

《廣記》引，「冥」作「暝」。

案：《集韻》：「冥或從日。」是冥暝二字同義。

釣磯山者，（〈陶侃釣磯〉）

《寰宇記》一一一：「釣磯山在縣（指都昌縣）西三十里，旁臨浦嶼。」

得一織梭，

《御覽》四八引作「得織梭一枚」。（《寰宇記》一一一同）

還掛壁上，

《御覽》八二五引作「還插著壁」。《寰宇記》一一一引作「還以插壁」。

有頃雷雨，梭變成赤龍，從空而去。

《御覽》四八引無「有頃雷雨」四字，「梭變成」作「後化成」，「空」作「室」。

案：此條亦見《晉書》六六〈陶侃傳〉，云「侃少時漁於雷澤，網得一織梭，以挂於壁。有頃雷雨，自化爲龍而去。」

乘磯山下臨清川，（〈乘磯山〉）

《五朝小說》本，「清」作「青」。《書鈔》一。六引，「磯」作「機」。

夜半聞水中有弦歌之音，

《書鈔》引，「夜半」作「半夜」，「弦」作「絃」。

案：《說文》：「弦，弓弦也。」段注：「弓弦，以絲爲之，張於弓，因之張於琴瑟者亦曰弦，俗別作絃。」是弦絃二字可通也。

百丈山上有石房，內有石案，置石書二卷。（〈石丈山石書〉）

《書鈔》一三三引，首有「於潛縣」三字，「案」下無「置」字。《御覽》七一○引「內有石案」作「內有案」。

案：《羣書類編故事》一○：「王烈，字長休，邯鄲人也，烈入河東抱犢山中，得一石室，室中有兩卷素書。」

永寧縣濤山有河，（〈濤山角聲〉）

《五朝小說》本，「寧」作「臨」。《書鈔》一二一引，首有「永嘉」二字，「山」下有「頂」字，「河」作「湖」。

水色紅赤，

《書鈔》引，「水」作「色」，當是涉下「色」字而衍。

陰雨時，嘗聞靴角聲甚亮。

《書鈔》引無「時」字，「亮」下有「也」字。

凉**州西有沙山，**（〈沙山鼓角〉）

《五朝小說》本，「凉」作「涼」（《書鈔》一二一引同）。

「凉」乃「涼」之俗寫。

積尸數萬，

《書鈔》引，「數」下有「千」字。

因名沙山，

《書鈔》引，「名」下有「爲」字。

吳孫權赤烏八年，（〈句容水脉〉）

《御覽》五九引，無首「吳」字。

中道鑿破瑤，

《古今說部叢書》本、《說庫》本，「瑤」作「窰」。《御覽》引作「堽」。

遂獲泉源，或謂是水脉。

《御覽》引，無「遂」字，「或」作「咸」字。

惟此巨流焉。

《御覽》引，「惟」作「唯」，「焉」上有「通」字。細審上下文義，以有「通」字爲勝。

將破堰，（〈五百陂〉）

《御覽》七二引，「堰」下有「取魚」二字，義較勝，當據補。

明往，

《御覽》引，作「明往決水」。

於今猶名此湖為五百陂。

《御覽》引，「於」作「于」。《爾雅》曰：「于，於也。」「于」、「於」古通。

棄業將罷，（〈百簿瀨〉）

《御覽》六九引，「棄」作「弃」。《說文》：「弃，古文棄。」

其夕並夢見一老公云：

《御覽》引無「一」字。

剉以為膾，

《御覽》六九引，脫一「膾」字，又九三六引，「膾」作「鮓」。《集韻》：「膾或从魚。」則「膾」亦作「鱠」。

蘭陵昌慮縣郳城有華山，（〈山井鳥巢〉）

郳字下注曰：「一作郢。」

案：《說文》郳篆下段注云：「今鄒縣有故邾城，滕縣東南有郳城，皆魯地，且郳之偁小邾久矣。」《寰宇記》一五：「滕縣，古小邾之國，漢爲蕃昌慮二縣地，屬魯國。應劭注曰，蕃縣即小邾國也，爲魯附庸邑有郳國濫邑，故城在今縣東南，即漢之昌慮縣也。」故當爲郳城方是，《御覽》一八九引，正作「郳城」。

此鳥見則大水，

《御覽》引，「鳥」作「禽」字。鳥、禽二字析言有別，渾言則同。若承上文「鳥巢其中」，則以「鳥」字爲勝。

窺者不盈一歲輒死。

《御覽》引無「不」「一」二字。

每夜輒聞有如炮竹聲相承，謂之龍吒。（〈龍吒〉）

《五朝小說》本，「聲」作「俗」，且「俗」字屬下讀。

於今猶然，亦曰沸潭。（〈沸井〉）

《類聚》九引，「於」作「于」，且無末四字。

陳郡謝晦字宣明，（〈井磚疑龍〉）

《說郛》本，「晦」上空白。《五朝小說》本，「謝」作「趙」。《御覽》一八九引，無「陳郡」二字。

案：謝晦，南朝宋人，字宣明，《五朝小說》本誤也。

宅南路上有古井，

《五朝小說》本，「南路」作「路南」。

始知是磚隱起作龍形。

《御覽》引，「磚」作「塼」。「磚」、「塼」義同。

河東毌丘儉字仲恭，嘗征沃沮，使王頎窮其東界。（〈沃沮東界〉）

《博物志》二，「頎」作「頠」。《廣記》四八〇引《博物志》作「傾」。

案：《三國志．魏書》二八〈毌丘儉傳〉：「儉遣玄菟太守王頎追之，過沃沮千有餘里。」注云：「《世語》曰：頎字孔碩，東萊人。」

隨波流出在海岸邊，

《博物志》二，「波」下無「流」字。《廣記》四八〇引《博物志》，「波」作「浪」；亦無「流」字。

生得之，

《博物志》二，「得」下無「之」字。

從海中浮出，

《博物志》二，「海」下無「中」字。

其身如中國人衣，

《後漢書．八五．東夷列傳》，作「其形如中人衣」，《廣記》四八〇引《博物志》，作「其身如中人衣」。

但兩袖頓長三丈。

《博物志》二，無「但」「頓」二字，「三」作「二」。

卷　二

魏時殿前大鐘無故大鳴，（〈洛鐘鳴〉）

《書鈔》九七引，「鐘」上無「大」字，「大鳴」上無「無故」二字。

注曰：或作不扣自鳴。

《四庫》本，「作」作「云」。

人皆異之，

《書鈔》引，作「震駭者眾」。《廣記》一九七引《小說》，作「震駭省署」。

以問張華。

《書鈔》引無此四字。

此蜀郡銅山崩，

《書鈔》引，作「此蜀山毀」。

尋蜀郡上其事，果如華言。

《書鈔》引，上句作「蜀郡尋上事」，「果」作「皆」。

晉武帝時，（〈吳郡石鼓〉）

《類聚》八八、《御覽》九五六引，「時」並作「世」。

吳郡臨平岸崩，

《類聚》引、《古今合璧事類》五三引，並無「崩」字。《事類賦注》一〇引，「崩」上有「山」字。

出一石鼓，

《說郛》本、《御覽》五八二、九五六引，《廣記》一九七引《小說》，「鼓」並作「皷」。《類聚》、《古今合璧事類》引，並無「鼓」字。

案：皷乃鼓之俗字。

可取蜀中桐材，

《事類賦注》引，「材」作「樹」。

打之則鳴矣。

《類聚》、《初學記》五、《御覽》、《廣記》、《水經注》四〇、《事類賦注》、《古今合璧事類》引，「打」並作「扣」。

案：「打」、「扣」二字，義同爲「擊也」。此條亦見《晉書》三六〈張華傳〉。

音聞數十里。

《類聚》、《古今合璧事類》引，「數」下無「十」字。《初學記》、《御覽》五二、五八二、《廣記》、《水經注》、《事類賦注》引，「音」並作「聲」。

晨夕恒鳴如人扣。（〈銅澡盤〉）

《書鈔》一三五引，「晨」作「旦」，「恒」作「常」，無「如人扣」三字。「常」、「恒」二字同誼，《書鈔》作「常」，當是宋人影鈔時，避眞宗諱也（北宋眞宗名趙恒）。

乃問張華，華曰：

《書鈔》引作「張華曰」。《六帖》一三引，二「華」字均作「公」字。

此盤與洛鐘宮商相應，

《書鈔》、《御覽》七一二、《廣記》一九七引《小說》，「應」並作「諧」。

可錯令輕則韻乖，

《書鈔》引，「錯」下有「銅」字，無「則韻乖」三字。

《廣記》引，「錯」作「鑢」。「錯」、「鑢」同義。

如其言，後不復鳴。

《書鈔》引，「如」作「依」，無「復」字。

晉惠帝元康五年武庫火，（〈武庫火〉）

《書鈔》一二二、《類聚》六〇、《御覽》三四四、《廣記》二三一引，「五年」並作「三年」。

案：《晉書・五行志上》、《宋書・五行志三》，並云：「晉惠帝元康五年閏月庚寅，武庫火。」陰陽五行之說，始於漢，盛於魏晉南北朝，許多感應、咎徵，皆由於君違其道，小人在位使然，若信道不篤，或燿虛僞，讒夫昌，邪勝正，則火失其性，自上而降，及濫災妄起，焚宗廟，燒宮館，雖興師眾，不能救也。武庫火，乃愍懷太子見殺之罰也。張華曰：「武庫火而氐羌反，太子見廢，則四海可知。」卷四衣中火光，亦孽火之應也。

燒漢高祖斬白蛇劍、孔子履、王莽頭等三物

《晉書》、《宋書・五行志》云:「此皆累代異寶也。」

莫知所向。

《書鈔》引,「向」作「在」。

晉康帝建元中,有漁父垂釣,得一金鎖,引鎖盡,見金牛,急挽出,牛斷,猶得鎖,長二尺。(〈金鎖金牛〉)

案:《寰宇記》一五七云:「金鎖潭在縣(清遠縣)東三十里,秦時崑崙貢犀牛,帶金鎖走入潭中。晉時有漁人周仲宋者,釣得金鎖,牽之見犀牛,掣之不得,忽斷,得金鎖一尺。」此與敬叔所記,疑爲一事。

晉太元中,桂陽臨武徐孫江行,(〈錢變土〉)

《御覽》八三六引,無「晉」字,「太元中」三字在「孫」字下。

晉義熙中,龐猗為宜都太守,(〈銅鑪自行〉)

《御覽》七五七引,無「晉」字,「義熙中」三字在「猗」字下。

見一銅鑪上熖帶鎖而行,

《御覽》引,「鎖」作「鏁」。《集韻》:「鎖,或作鏁。」

遂檻盛逸下荊州,無都北乃,(一作鬼)

《御覽》引,「逸」作「送」,「無都北乃」作「至郡北界」。「無都北乃」,義不可解,當據正。

忽風雨有呌聲,火光燭天,徑來趨船,

《御覽》引,「忽」上有「夜」字,「火光」作「光火」,「船」作「舡」。《集韻》:「船,俗作舡。」

義熙中,新野黃舒耕田得一舡金。(〈一船金〉)

《御覽》八一一引,「義熙中」三字在「舒」字下,「舡」作「船」。

晉時錢塘浙江有樟林桁大船,(〈樟林桁大船〉)

《說庫》本,「林」作「竹」。《書鈔》一三八引,無「浙江」二字,「船」作「航」。《御覽》七七〇引,「樟林桁大船」作「大樟林桁」。

輒漂盪搖揚而不可禁,

《書鈔》引,「揚」作「沒」。《御覽》引,「輒漂」二字作「帆潭」,乃形似而訛。

惟船吏章粵能相制伏，及粵死，

《書鈔》引，「船」作「航」，「粵」下多「結兄弟故」四字。《御覽》引，「船」作「桁」，二「粵」字均作「奧」。

遂廢去。

《書鈔》引作「遂長廢矣」。《御覽》引作「遂長廢」。

符堅建元年中，(〈金鼎變銅鐸〉)

《四庫》本，「符」作「苻」。《廣記》四○○引，首有「前秦」二字，「符」作「苻」，「年中」作「五年」。

案：《集韻》：「苻，氐姓，本作蒲，至苻堅更改爲苻。」《晉書・苻洪載記》：「其先蓋有扈之苗裔，世爲西戎酋長，始其家池中蒲生，長五丈，五節如竹形，時咸謂之蒲家，因以爲氏焉。……，洪亦以讖文有『艸付應王』，又其孫堅背有『艸付』字，遂改姓苻氏。」「符」乃憑信之具，非姓也，當據正。

長安樵人於城內見金鼎，

《御覽》八八八，《廣記》引，「內」字並作「南」字，《御覽》引脫「鼎」字。

堅遣載取到，

《御覽》引，「到」作「倒」。《廣記》引，「到」下有「城」字。

入門又變成大鐸。

《廣記》引無此句。

西河有鍾在水中，(〈鐘鳴水中〉)

《書鈔》一○八引，「西」作「陵」，「有」下有「銅」字，「鍾」作「鐘」(《說郛》本、《五朝小說》本、《古今說部叢書》本、《說庫》本，「鍾」並作「鐘」)。

案：「鐘」字是也，當據正。

晦朔輒鳴，

《書鈔》引，首有「常浮出」三字，「輒」上有「陰雨」二字。

越崔門會元縣有元馬河，有銅舫船，河畔有祠，中有碧珠，若不祭祀，取之不祥。（〈元馬河碧珠〉）

《御覽》八〇九引，作「越嶲會元縣元馬河畔有祠，河中有碧珠，若不祭祀，取之不祥。」

案：《寰宇記》八〇「越嶲縣」：「元馬河中有銅船，以羊祀之，則可取也。」則當作「越嶲」二字明矣，當據正。

長山朱郭夫妻採藻澗濆，（〈銅釜作聲〉）

《御覽》七五七引，「採」上有「恒」字。

見二銅釜沿流而下，

《御覽》引，「沿」作「沿」。「沿」俗作「沿」。

有員蓋滿中，銅器光輝曜目，

《御覽》引，「員」作「圓」，「曜」作「輝」，當是涉上文而衍。

與人共載出，為貨船無故自覆，

《御覽》引，「共」作「主」，「船」作「舡」。

屋棟間乃自漏秫米，（〈玉豘〉）

《類聚》八三引，「乃」作「仍」。

忽有一青蛇長數尺，

《類聚》引，「蛇」作「虵」。廣韻：「虵，蛇俗字。」

鍜銀作器，

《類聚》引，「鍜」作「鍛」。

案：《說文》云：「鍜，錘鍜也。」又云：「鍛，小冶也。」段注：「小冶謂小作鑪鞴以冶金。」則作「鍛」字是，當據改。

永康王曠井上有洗石，（〈洗石孕金〉）

《類聚》六、《御覽》五二、八一一、《事類賦注》九引，「洗」上並有「一」字。《御覽》八一一、《事類賦注》，「洗」下有「浣」字。

曠恠所以，

《類聚》引，「恠」作「怪」。正字通：「恠，俗怪字。」《事類賦注》引無此句。

索市愈急，

《御覽》五二、八一一引，「愈」皆作「逾」。

撞破內空叚有二鳥處。

《古今說部叢書》本、《學津》本、《說庫》本、《類聚》引，「叚」並作「段」。當據正。

《類聚》引，「內」上有「石」字，《御覽》五二引，「空叚」作「止」字。

西域苟（一作拘）**夷國山上有石駱駞，**（〈石駱駞〉）

《四庫》本，「苟」作「句」。《御覽》九〇一引，「上」作「下」。

唯瓠𤬏盛之者，則得飲之，

《類聚》九四引，「瓠」作「葫」。「盛」下無「之」字。《正韻》：「瓠，亦作葫。」瓠𤬏即葫蘆也，一作壺盧。《御覽》引，無「唯」字，「則」作「即」。

令人身體香淨而昇仙，

《御覽》引，無「人」字。

便遇大蛇，（〈石城甘橘〉）

《事類賦注》二七引，「遇」作「見」。《御覽》九六六、《事類賦注》引，「蛇」並作「虺」。虺亦蛇屬，義皆可通。

家人啖之輒病。

《御覽》引，「輒」作「亦」。

陽羨縣小吏吳龕，於溪中見五色浮石，（〈五色浮石〉）

《書鈔》七七引《述異記》，「陽羨縣」三字作「武昌」，下句作「得一浮石」。

因取內牀頭，

《書鈔》引，無「因」字，「內」作「其」，《鈎沉》本於「其」下加注云「疑當作置」。

至夜化成女子。

《書鈔》引作「化成一女，端正，與龕爲夫妻。」《龍威》本《述異記》下作「至曙仍是石」。

河內司馬元胤，元嘉中為新釜令，（〈柑化鳶〉）

《四庫》本、《學津》本，「胤」作「允」。《初學記》二八引無下句；《御覽》九六六引，「釜」作「涂」。

相化而為鳶。

《初學記》、《御覽》引，「柑」並作「甘」。《初學記》引，「爲」上無「而」字。《正字通》：「柑，本作甘。」《文選》八司馬相如〈上林賦〉：「黃甘橙榛。」李善注：「郭璞曰：『黃甘，橘屬而味精。』」

南郡忻（一作州字）**陵縣有棗樹，**（〈棗生桃李〉）

《五朝小說》本、《古今說部叢書》本，逕作「忻陵縣」，無小字注。

案：州陵，縣名，漢置，故城在湖北省監利縣東。見《漢書》二八上二〈地理志上〉：南郡、縣十八、州陵。《類聚》八七引，正作「州陵縣」，則爲「州」字明矣，當據正。

時劉玄德軍於沛，（〈桑再椹〉）

《學津》本，「玄」作「元」。清聖祖諱玄燁，故「玄」用「元」代之。《御覽》九七三引，「於」作「小」。「小」字當作「于」，蓋「於」「于」二字義通，而「于」與「小」二字，形似而訛。

士眾皆飢，

《說郛》本、《五朝小說》本，「飢」作「饑」。《說文》：「飢，餓也。」又云：「饑，穀不熟爲饑。」「飢」、「饑」二字，義本異，然今人多不分矣。

元嘉四年，東陽流（一作留）**道先家中筋竹林忽生連理，**（〈連理竹〉）

《御覽》九六三引，「元嘉四年」在「先」字下，無「家中」二字。《通志．氏族略》以邑爲氏：「畱氏，按姓纂，衛大夫畱封之後，然無據，宋有畱邑，此則宋之畱邑大夫，因以邑爲氏。」「留」乃「畱」之俗字，而「流」非姓氏，《御覽》引，正作「留道先」。

謂之禍祟，欲斫殺之。

《御覽》引，「之」作「爲」，無「欲」字。

異處同蔕，（〈嘉瓜〉）

《五朝小說》本，「蔕」作「蒂」。《正字通》：「蔕，小篆作蒂。」二字音義皆同。《初學記》二八引，「處」作「本」。

王濬園生瓜，三莖一實。（〈一瓜三莖〉）

《說郛》本、《五朝小說》本，此句並作「王濬園瓜生一實」。

晉安平有越王餘筭茦，（〈越王筴〉）

《古今說部叢書》本、《學津》本、《說庫》本，「筭」並作「算」。《說文》「算」篆下段注云：「筭爲算之器，算爲筭之用，二字音同而義別。」今則不分矣。《御覽》七五〇引，無「平」字，「茦」作「策」。

案：《爾雅・釋草》：「茦刺」郭注云：「草刺針也，關西謂之刺，燕北朝鮮之閒曰茦。」《方言》三：「凡艸木刺人，北燕朝鮮之閒，謂之茦。」茦音冊。《說文通訓定聲》：「策，叚借爲茦。」則「茦」、「策」義可通也。《廣記》四一一引，「筭茦」作「蒜菜」。

黑者如角。

《御覽》引，「如」作「似」。

古云：越王行海，曾於舟中作籌筭，有餘者棄之於水生焉。

《御覽》引作「云越王行海作筭，有餘弃之於水生焉。」

薯蕷一名山芋，（〈土藷〉）

《類聚》八一、《御覽》九八九引，「薯蕷」並作「署預」。《類聚》引，無「一名山芋」四字。《御覽》引，「芋」作「羊」。

案：吳晉《本草》曰：「薯蕷一名藷薯，一名兒草，一名修脆，齊魯名山芋，鄭越名土藷，秦楚名玉延。」《集韻》：「藷，藷與，署預也，或作藷薯。」是「薯蕷」、「署預」、「山芋」、「土藷」，同爲一物也。《御覽》引作「山羊」，「羊」乃「芋」字之誤。《類聚》八一引《本草經》云：「署預一名山芋，益氣力，長肌肉，除邪氣，久服輕身，耳目聰明，不飢延年，生嵩高山。」

根既可入藥，又復可食，

《類聚》引，無「根既可」三字。《御覽》引，「入」上無「可」字。

若欲推取，默然則獲，

《類聚》引，「默」作「嘿」。《御覽》引，無「欲」字，「默然」作「默默」，「獲」作「穫」。

始下鍤，（〈土精〉）

《御覽》九九一引，「鏵」上有「數」字，「鏵」下有雙行小字注，云「音華」。

便聞土中呻吟聲，

《御覽》引，「呻」上有「有」字，「呻」下無「吟」字。

果得人參。

《御覽》引，此句作「果得一頭，長二尺許，四體畢備，而髮有損缺處，將是掘傷所以呻也。」文義較今本為足。

交州諸菌以葉塗人軀，（〈交州菌〉）

《御覽》九九八引，「諸」下有「郡有」二字。

隋縣永陽（一多縣字）**有山，**（〈神農窟〉）

《類聚》八二引，無「隋縣」二字。《御覽》九九五引，「隋縣」作「隋郡」。

壁立千仞，

《御覽》引，「立」作「直」。

岩上有石室，

《類聚》、《御覽》引，「岩」並作「巖」。《正字通》：「巖，俗省作岩。」

古名為神農窟，

《類聚》引，「古」作「路右」。

窟前有百藥叢茂，

《御覽》引，「叢茂」作「藂茇」。

案：《韻會》：「叢，聚也，或作藂。」「叢」、「藂」二字，音義皆同。《說文》：「茇，艸根也。」《御覽》引「茂」作「茇」，形似而訛歟？

又別有異物，

《類聚》引，無「物」字。

籐花形似菱菜，

《類聚》、《御覽》引，「籐」並作「藤」。《御覽》引，「似」作「如」。

晡黃，

《御覽》引，「晡」作「脯」。

案：《淮南子・天文訓》：「日至於悲谷，是謂晡時。」《說文》：「餔，謂日加申時也，今爲晡字也。」「晡」指申時、午後三時至五時也。《說文》：「脯，乾肉也。」「晡」、「脯」二字，音義皆異，《御覽》引作「脯」，誤矣。

卷　三

晉太康二年冬大寒，（〈鶴語〉）

《初學記》三引，無「晉」字。《六帖》四，《歲華紀麗》四引，並無「冬大寒」三字。《御覽》九一六引，無「晉」字，「太康」作「大亨」。

南州人見二白鶴語於橋下，

《初學記》，《六帖》，《歲華紀麗》引，「洲」並作「州」。《初學記》引，無「語」字。《六帖》引，「見」下作「二鶴語」。《御覽》引，「鶴」作「鵠」。《一切經音義》二：「鵠，形似鶴，色蒼黃。」《集韻》：「鶴，或作鶮，鸖、鵠。」「鵠」、「鶴」本二動物名，前者屬鳥類游禽類，形似鵝；後者屬鳥類涉禽類，形似鷺。蕭統《錦帶書‧黃鍾十一月》：「鶴臨橋而送語。」則作「鶴」字爲宜。

罽賔國王買得一鸞，（〈鸞鳴〉）

《古今說部叢書》本、《學津》本，《說庫》本，「罽賔」並作「罽賓」。案：《漢書》九六〈西域傳上〉：「罽賓國，王治循鮮城，去長安萬二千二百里。」「罽賓」乃西域國名，在今喀什米爾一帶之地。今本「罽」作「罽」，誤矣，當據正。又「賔」乃「賓」之俗字。

餙金繁，

《古今說部叢書》本，《學津》本，《說庫》本，「餙」並作「飾」。《俗書刊誤》四：「飾，俗作餙」。

張華有白鸚䳇，（〈鸚䳇說夢〉）

《御覽》九二四引，「華」下有「字茂先」三字，「有」下有「一」字。

華每出行還，輒說僮僕善惡，

《御覽》引，無「出」字，「僕」作「使」。《廣記》四六〇引，無「每出」二字。《御覽》、《廣記》引，「輒」上並有「鳥」字。

答曰：

《類聚》九一、《御覽》、《廣記》引，「答曰」並作「鳥云」（《羣書類編

故事》二四〈鸜鵒報事〉一則亦同）

見藏甕中，

《御覽》引，「甕」作「瓮」。《集韻》：「瓮，亦從雍」。則「甕」、「瓮」二字同也。

公後在外，

《類聚》引，「後」作「復」。《廣記》引，「後」作「時」。

不宜出戶。公猶強之，

《御覽》引，無「宜」字。《廣記》引，無「公猶」二字，「強」作「彊」。「強」與「彊」通。

為鷂所搏，教具啄鷂腳，

《御覽》引，「搏」作「撥」。《廣記》引，二「鷂」字均作「鵄」，「搏」作「攫」，「腳」作「喙」。

案：《史記》八七〈李斯列傳〉：「鑠金百溢，盜蹠不搏」。《索隱》：「搏，猶攫也，取也。凡鳥翼擊物曰搏，足取曰攫，故人取物亦謂之搏。」「搏」、「攫」二字，義可相通。

有鸚鵡飛集他山，（〈鸚鵡滅火〉）

《初學記》三〇引《宣驗記》，「鸚」作「鸎」。

案：「鸎」與「鶯」同，與「鸚」異，二字不可混用。

山中禽獸輒相貴重，

《初學記》，《御覽》九二四引《宣驗記》，「貴」作「愛」。

後數月，

《廣記》四六〇引，「月」作「日」。

便入水濡羽，

《初學記》引《宣驗記》，《六帖》引《靈驗記》，「濡」並作「霑」。「濡」、「霑」二字，音雖異，然義可通。

汝雖有志意，何足云也。

《初學記》、《御覽》引《宣驗記》，並無「意」字。《廣記》引，「意」屬下讀，並加小注云：「明鈔本意作竟」。

即為滅火。

《六帖》九四引《靈驗記》，「即爲」作「爲雨」。

五月五日剪鴝鵒舌，(〈鴝鵒學語〉)

《續一切經音義》六引，「五月五日」作「重午日」。《御覽》九二三，《一切經音義》一四引，「鴝」並作「鸜」。《集韻》：「鴝，或以瞿。」鴝鵒，鳥名，上「具俱反」，下音「欲」，俗名八哥。《古今注》曰：「鴝鵒一名鵙鳩。」《御覽》引，「剪」作「翦」。《玉篇》：「剪，俗翦字。」

教令學人語，

《御覽》引，無「教」字。《一切經音義》引，「教令」作「即能」。

遂無所不名，(〈鴝鵒聽琵琶〉)

《御覽》五八三引《幽明錄》，無「所」字，「名」作「鳴」。

與人相顧問，參軍善彈琵琶，

《御覽》引，「顧問」作「問頋」，且「頋」字屬下讀。《玉篇》：「頋，同顧，俗。」「頋」乃「顧」之俗字。

鴝鵒每聽輒移時。

《御覽》引，「每」下有「立」字，「聽」下無「輒」字。

山鷄愛其毛羽，映水則舞。(〈山鷄舞鏡〉)

《博物志》四〈物性〉云：「山雞有美毛，自愛其色(《御覽》九一八引作毛字)，終日映水，目眩則溺死。」

公子蒼舒令置大鏡其前，

《書鈔》一三六引，「蒼」作「倉」。《書鈔》、《類聚》九一、《六帖》一三、《御覽》九一八、《事類賦注》一八，《事文類聚後集》四六、《古今合璧事類》七〇引，「令」下皆作「以大鏡著其前」。

鷄鑒形而舞不知止，

《御覽》，《事文類聚後集》、《古今合璧事類》引，「鑒」並作「鑑」。《集韻》：「鑑，或書作鑒。」

遂乏死。

《書鈔》、《御覽》、《事類賦注》、《事文類聚後集》、《古今合璧事類》引，

「乏」並作「至」。細審上下文義，以作「乏」字爲佳。

杜鵑始陽相催而鳴，(〈杜鵑催鳴〉)

《御覽》九二三引，「催」作「推」。

恒籠置牕間，(〈雞作人語〉)

《御覽》九一八引《幽明錄》，「恒」作「栖」，「置」作「著」，「牕」作「窻」。「窻」當作「窗」，「牕」、「窗」二字，音義同也。

與處宗談論，

《御覽》引，無「處」字，「論」作「語」。

處宗由此玄言大進。

《御覽》引，「由此玄言」四字作「因此言功」。

傅承為江夏守，有一雙鵝，失之三年，忽引導得三十餘頭來向承家。(〈鵝引導〉)

《四庫提要》云：「惟中間《太平御覽》所引『傅承亡餓』一條，此本失載。」

案：《御覽》九一九所引即此條。標題亦可作「傅承亡鵝」，則《提要》所云「傅承亡餓」之「餓」，乃「鵝」字之誤明矣。

流寓湓陽，(〈虎標〉)

《廣記》三二五引，「湓」作「益」。

即格殺之。

《廣記》引，「格殺」作「共格」。義皆可通。

彭城劉廣雅，(〈虎攫府佐〉)

《書鈔》一二四引，無「雅」字。《御覽》八九二引，「廣雅」作「黃雄」。

路經竹里亭於邏宿，此邏多虎。

《書鈔》引，無「亭於邏宿」四字。下「邏」字作「處」。《廣記》四二六引、無「於邏宿，此邏」五字。

劉極自防衛，繫馬於戶前，手執戟布於地上，

《書鈔》引，作「劉以牛馬繫戶前，手持戟布於地上以備虎」。《廣記》引，作「劉防衛甚至，牛馬繫於前，手戟布於地」。

中宵與士庶同睡，

《書鈔》引，「中宵」作「宵中」。

晉太元末，徐桓乙太元中出門，（〈美女變虎〉）

《御覽》八九二引，無「以太元中」四字。今本乃涉上文而衍，當據正。

彷彿見一女子，

《御覽》引，「彷彿」作「仿佯」。

桓悅其色，

《御覽》引，「悅」作「說」。《論語・學而》：「學而時習之，不亦說乎？」說，悅懌也。《集韻》：「悅，或作說。」

徑向深山，

《御覽》引，「徑」作「逕」。《集韻》：「徑，亦从辵」。

虎送桓下著門外。

《御覽》引，作「虎夜送徐桓著門外」。

案：此條毛本上有眉批云：「莫道荒唐事，嬌娥半虎狼。」

常畜虎五六頭，及鱷魚十頭。（〈畜虎理訟〉）

《御覽》八九二、《事類賦注》二〇引，作「常畜生虎及鱷魚」。

魚虎不食，

《御覽》引，無「魚」字。《御覽》、《事類賦注》引，「食」並作「噬」。

案：此條本事見吳時《外國傳》，亦見《搜神記》二，《南齊書》、《梁書・扶南傳》，《南史・夷貊傳》。又《寰宇記》一七六〈扶南國下〉記載云：「大將范尋自立爲王，是中國吳晉之代也。……其國法訟獄者，以金環鷄卵投沸湯中，令探取之，若無實者手即爛，有理者即不損，又於城溝中養鱷魚，門外圈猛獸，魚獸不飫者爲無罪，三日乃放之。」可與此條相發明。

永初中，郡都梁馮恭醉臥於山路，（〈醉共虎眠〉）

《御覽》八九二引，「永初中」三字在「恭」字下。

恭中宵展轉，

《御覽》引，「轉」下有「之」字。

非智力所及也。

《御覽》引，「及」作「加」。

穴裏不得見穢及傷殘，見則舍穴外死。（〈熊穴辟穢〉）

《類聚》九五引，「傷」作「復」，「則」上無「見」字，「舍」作「合」，「外」作「自」。《御覽》九〇八引，「外」亦作「自」。

隱在崖側，

《四庫》本，「崖」作「巖」。

人不致傷損，傍人仍得騁其予。

《類聚》引，「致」作「使」，「損」作「撻」，「得」作「將」。

熊無穴，或居大樹孔中。（〈熊呼字〉）

《類聚》九五引，無「熊無穴」三字，且與上條相連。《廣記》四四二引，無此二句。

東土呼熊為子路，

《類聚》引，「呼」下有「爲」字，疑涉下爲字而衍。

於是便下，

《廣記》引，「於」作「于」。

元嘉初，青州劉幡射得一麞，（〈劉幡射麞〉）

《御覽》九〇七、九九四引，「元嘉初」三字並在「射」字上。《御覽》九九四引，「幡」作「懎」。

剖腹藏以草塞之，

《御覽》九〇七引，「腹」作「肚」。《御覽》九九四引，「剖腹藏」作「割五藏」。

幡從而拔塞，

《御覽》九〇七，九九四引，「從」並作「怪」。《御覽》九九四引，「幡」作「懎」。細審上下文義，以作「怪」字爲勝。

始興郡陽山縣有人行田，（〈大客〉）

《御覽》四七九引，無「郡」、「有」二字，「陽」作「楊」。

相與躅陸，狀若歡喜。

《御覽》引，「躅」作「踢」，「歡」作「懽」。《正字通》：「歡，通作懽。」

前象復載人就一汚濕地，以鼻掘出數條長牙，

《御覽》引，無「人」字，「條」作「枝」。

彼境田稼，

《御覽》引，「田稼」作「苗稷」。

便見躑躅，如有馴解，於是一家業田，

《御覽》引，「見」作「覺」，「馴」作「訓」，「業」下無「田」字。

符堅為慕容沖所襲，（〈馬度符堅〉）

《四庫》本，《說庫》本，「符」並作「苻」。

案：當作「苻」方是，前已論及，茲不贅述，《類聚》九引，正作「苻」字，今本誤作「符」字，當據正。

墮而落澗，

《類聚》引，「墮」作「憧」。

垂鞍與堅，

《四庫》本，「鞍」作「韁」。《類聚》、《御覽》八九七引，「鞍」作「控」。《御覽》六九，《事類賦注》二一引，「鞍」並作「鞚」。

案：《說文》：「鞌，馬鞁具也。」注云：「此爲跨馬設也。」《集韻》：「鞌，或書作鞍。」《說文》：「繮，馬紲也。」注云：「釋名曰：韁，疆也，繫之使不得出疆限也。」《集韻》：「繮，或從革。」《集韻》：「鞚，馬勒也。」

馬又跪而受焉，

《類聚》、《御覽》引，「受」並作「授」。

堅援之，

《類聚》引，「援」作「授」。《御覽》，《事類賦注》引，「援」並作「攀」。

得登岸而走廬江。

《類聚》、《御覽》六九，《事類賦注》引，並無「廬江」二字。《御覽》八九七、《事類賦注》引，「而」作「西」。

晉隆安初，東海何澹之屢入關中，（〈犬殉〉）

《御覽》九〇五引，無晉字，「隆安初」三字在「之」字下。

每出入，

《御覽》引，作「何每行來」四字。

尋及於亡。

《御覽》引，作「及其亡，犬一嗥而斃」。

其腸似鐵，（〈狡兔〉）

《御覽》八一三引，「似」作「是」。

則齧人衣裳也，（〈鼠王國〉）

《類聚》九五引，「齧」作「齧」，「也」作「世」。宜作「也」字，《類聚》誤矣。《初學記》二九，《六帖》九八引，「齧」並作「嚙」。「齧」、「齧」、「嚙」三字，音義皆同。

義鼠形如鼠，短尾，每行遞相咬尾，三五為羣，驚之則散。俗云：見之者當有吉兆。成都有之。（〈義鼠〉）

《廣記》四四〇引《錄異記》，內容相同。

時亦污落，（〈唐鼠〉）

《廣記》四四〇引，「污」作「脫」。

昔仙人唐昉拔宅升天，雞犬皆去，唯鼠墜下，不死而腸出數寸，三年易之，俗呼為唐鼠。

《類聚》九五引《博物志》，作「唐房升仙，雞狗并去，唯以鼠惡不將去，鼠悔，一月三出腸也，謂之唐鼠。」

前廢帝景和中，（〈囊珠報德〉）

《初學記》二九、《六帖》九八、《御覽》四七九、《廣記》一一八、《古今合璧事類》八〇引，並作「景平中」。《廣記》四四〇引，作「宋前廢帝景平中」。

案：景平乃南朝宋少帝劉義符之年號（西元 423～424 年），景和爲廢帝劉子業之年號（西元 465 年），《廣記》四四〇引，雖稱「廢帝」，卻作「景平中」，其餘諸書所引，亦作「景平中」，未詳何者爲是。

避雨南隴，

《初學記》、《御覽》、《廣記》引，「雨」並作「住」，「隴」並作「壟」。《六帖》、《古今合璧事類》引，「雨」並作「水住」二字。

案：《說文通訓定聲》：「隴，假借爲壠。」《集韻》：「壠，亦書作壟，通作隴。」是「隴」、「壠」、「壟」三字可通也。

輒以餘飯與之。

《御覽》引，「輒」作「轉」，「飯」作「飰」。

案：《集韻》：「飯」或从弁从卞。」則知「飯」、「餅」、「飰」三字義同也。

鼠以前腳捧青囊，囊有三寸許珠，

「青囊」二字，《初學記》引，作「青絹紙」。《御覽》、《廣記》四四○引，作「青紙」。《六帖》，《古今合璧事類》引，單作一「紙」字。「囊有三寸許珠」一句，《初學記》、《御覽》引，並作「裹三斤許珠」。《六帖》、《古今合璧事類》引，作「裹三片許朱」。《廣記》四四○引，則作「裹二個珠」。

案：《後漢書・袁安傳》：「賜以珠畫。」注云：「珠與朱同。」

留置奴牀前，

《六帖》、《御覽》、《古今合璧事類》引，並作「著奴前」。

形貌類人，（〈刀子換貂皮〉）

《御覽》九一二引，「形貌」作「身貂」。「身貂」二字，無義可言，貂當是貌字之訛。

以刀投穴口，

《御覽》引，「投」作「插」。

此物夜出穴，置皮刀邊，

《御覽》引，無「穴」字，「置皮」作「皮置」。

乃敢取刀。

《御覽》引，無「敢」字。

吳孫皓時，臨海得毛人。（〈蔣山精〉）

《廣記》三九七引，無「吳」字，而於此二句上，復有「吳天門張蓋，冬月，與村人共獵，見大樹下有蓬菴，似寢息處，而無煙火，有頃，見一人，身長七尺，毛而不衣，負數頭死猿，蓋與語不應，因將歸，閉空屋中，十餘日，復送故處。」一段。(《御覽》八八六亦有引，文字稍有異同)。

山海經云：「山精如人而有毛，此蔣山精也。」

《廣記》引，「而」作「面」。

案：《寰宇記》九○引《輿地志》云：「蔣山古曰金陵山，縣之名因此山立，漢輿地圖名鍾山。吳大帝時，有蔣子文發神異於此，封子文爲蔣侯，故曰蔣山。」(可參見羅鄴撰〈蔣子文傳〉，《搜神記》五〈蔣山祠〉)。

抱朴子曰：「山之精，形如小兒而獨足，足向後，喜來犯人，其名曰蚑。」

查《抱朴子・登涉篇》云：「山之精，形如小兒，獨步向後，夜喜犯人，名曰魈。」「山精」一詞，別名甚夥，有云「傒囊」者，《搜神記》一二：「兩山之間，其精如小兒，見人則伸手欲引人，名曰傒囊，引去故地則死。」有稱「山𤢖」(《正字通》作「猱」)者，《神異經五・西荒經》：「西方深山中有人焉，身長尺餘，袒身捕蝦蟹，性不畏人，見人止宿，暮依其火以炙蝦蟹，伺人不在而盜人鹽以食蝦蟹，名曰山𤢖。」有喚「梟陽」者，《淮南子・氾論訓》：「山出梟陽」。高誘注：「梟陽，山精也。人形，長大，面黑色，身有毛，足反踵，見人而笑。」(又見《山海經十・海內南經》)又有作「夔」者，《神異經・大荒東經》：「東海中有流波山，入海七千里，其上有獸，狀如牛，蒼身而無角，一足。出入水則必風雨，其光如日月，其聲如雷，其名日夔。」畢沅氏引韋昭《國語注》曰：「夔一足，越人謂之山繅。繅或作猱。」

案：《本草》狒狒集解時珍曰：「鄧顯明《南康記》云：『山都，形如崑崙人，通身生毛，見人輒閉目開口如笑。好在深澗中翻石覓蟹食之。』珍按，鄧氏所說，與〈北山經〉之山𤟹，《述異記》之山都，《永嘉記》之山鬼、《神異經》之山猱、《玄中記》之山精、《海錄雜事》之山丈、《文字指歸》之旱魃、《搜神記》之治鳥俱相類，乃山怪也。今並附之，以備考證。」由上可知，「夔」、「梟陽」、「山𤟹」、「山都」、「山鬼」、「山猱」、「山精」、「山丈」、「旱魃」、「治鳥」乃一物之異名。《神異經五・西荒經》又云：「此雖人形而變化，然亦鬼魅之類。」

玄中記：「山精如人，一足，長三四尺，食山蟹，夜出晝藏。」

《鉤沉》本《玄中記》，於此段下，又有「人不能見，夜聞其聲，千歲蟾蜍食之。」諸句。

綜合以上記載，可知「山精」之特徵有如下數點：

一、形如人體，身有毛。

二、一腳，且腳向後。

三、喜食蝦蟹。

四、晝伏夜出、喜犯人。

五、其名自呼。

試以苦酒濯之，(〈龍鮓〉)

《古今合璧事類》四八引，「濯之」作「沃鮓」。

故以相獻。

《群書類編故事》一五引，「獻」作「遺」。

不知神龍效矣。(〈宅龍致富〉)

《御覽》四七二引，「神龍」作「龍神」。

晉太元中，東陽西寺七佛屋翕下，有一物出。(〈西寺異物〉)

《御覽》八八九引，無「晉」字。「太元中」三字在「屋」字下，「翕」作「龕」。

案：《四庫》本、《學津》本、《說庫》本，「翕」並作「龕」。核以上下文義，作「龕」字方是，今本誤作「翕」字，當據正。

晉義熙中，江陵趙姥以酤酒為業。(〈土龍〉)

《廣記》三六〇引，無「晉」字，「義熙中」三字在「業」字下。

居室內地，忽自隆起，姥察為異，朝夕以酒酹之。

《廣記》引，「居室內地」作「屋內土」，無「姥」字，「之」作「土」。

隣人聞土下有聲如哭。後人掘地，

《廣記》引，「下」字下有「朝夕」二字，「地」作「宅」。

俗謂之土龍。

《本草》「蚯蚓」條：「釋名：螼螾、朐䏰、堅蠶、䖤蟺、曲蟺、土蟺、土龍、地龍子、寒𧊔、寒蚓、附蚓、歌女，時珍曰：術家言，蚓可興雲，又知陰晴，故有土龍，龍子之名。」《古今注》曰：「蚯蚓，一名蜿蟺，一名曲蟺，善長吟於地中。江東謂之歌女、或謂之鳴砌。」

趙牙行船於闔廬，(〈槎變龍〉)

《書鈔》一三七引，「船」作「舟」。

浮水而去。

《說庫》本，「水」作「木」。《書鈔》引，「去」作「遊」，且「去」下有「舡還復兮」四字。

見二蛟浮於水上，(〈射蛟暴死〉)

《御覽》三五〇引，作「見二蛟在水」。《事類賦注》一三引，作「雨蛟在水」。

一蛟中焉。

《御覽》引，作「中一即死」。《事類賦注》引，作「中一則死」。

有女子素服銜淚，

《御覽》,《事類賦注》引，「淚」並作「涕」。

持所射箭，

《御覽》、《廣記》四六九引，「持」並作「捉」。

為暴若是，

《御覽》,《事類賦注》引，並作「若是君許」。

增惡而驟走，

《御覽》引，「走」作「反」。《事類賦注》引此句作「增反」二字。

荊州上明浦沔水隈潭極深，(〈鄧遐治蛟〉)

《古今說部叢書》本、《說庫》本，「沔」作「沔」。

浴汲死者不脫歲。

《御覽》三八六引，無「浴汲」二字。

一云：遐拔劍入水，蛟繞其足、遐自揮劍截蛟數段，流血水丹，勇冠當時，於後遂無蛟患。

《寰宇記》一四五引《荊州記》:「城(指襄陽縣)北沔水淈潭極深，先有蛟龍，年爲人害，鄧遐爲襄陽太守，氣果兼人，拔劍入水，蛟繞其足，遐因揮劍截蛟，被傷流血，水爲之丹，勇冠當時，自後無復患蛟害矣。」

魯國中牟縣蒙山上，（〈蒙山大虵〉）

《類聚》九六、《御覽》九三四引、「中牟縣」作「牟縣」。《廣記》四五七引，作「費縣」。

案：《漢書》二八〈地理志上〉、泰山郡、縣二十四、牟：「故城今萊蕪縣東二十里。」又東海郡、縣三十八、費（師古曰：音秘），屬山東省，在臨沂縣西北。而中牟縣，隋名內牟，又改名圃田，唐時復名中牟，今屬河南省，非在魯國，則今本「中牟縣」誤也可知矣。

民欲架屋者，

《類聚》、《御覽》引，「屋」作「室」。《廣記》引，作「堂」。

輒大蛇數十丈，

《類聚》、《御覽》引，「蛇」作「虵」。《廣記》引，「丈」下有「長」字。廣韻：「虵，蛇俗字。」

與婦佃於野舍，（〈餉田異報〉）

《御覽》九三四、《廣記》一三一引，「與」上並有一「常」字。又《御覽》九三四引，「婦佃於」作「奴婢居」。

每至飲時，

《學津》本、《御覽》九三四引，「飲」作「飯」。《廣記》引，作「田」。

長七尺五寸，色甚光采，

《御覽》八四九引，無「色甚」二字。《御覽》九三四、《廣記》引，並作「長七八尺，五色光鮮」。

卷異而餉之。

《御覽》八四九、九三四引，「餉」作「飴」。

產業加厚。

《御覽》、《廣記》引，「厚」並作「焉」。

常伐餘遺竹，（〈竹中虵雉〉）

《初學記》二八、《御覽》九三四、《廣記》四五六引，「常」並作「嘗」。

《說文通訓定聲》:「常，叚借爲嘗。」

見一竹竿，雉頭頸盡就，身猶未變，

《初學記》引，作「見一宿竿，雉頭蛇身猶未變」。《御覽》引，作「見一宿竿，成雉頭頸盡就，身猶未成」。《廣記》引，作「一宿，見竿爲雉，頭頸盡就，身猶未變化」。

此亦竹為蛇，蛇為雉也。

《廣記》引，作「亦竹爲蛇之化」。

於是貲業日登。（〈鍾忠畜虵〉）

《御覽》九三四引，「貲」作「資」。《說文通訓定聲》:「貲，假借爲資。」

抱朴子云：蛇銜能續已斷之指如故。（〈蛇銜草〉）

蛇銜，草名，即蛇含。《本草》、〈蛇含〉:「釋名、蛇銜，時珍曰：劉敬叔《異苑》云：有田父見一蛇被傷，一蛇銜一草著瘡上，經日傷蛇乃去。田父因取治蛇瘡皆驗，遂名曰蛇銜草也。」

吳孫權時，永康縣有人入山，遇一大龜，即束之以歸。（〈諸葛博識〉）

《御覽》四七引，云:「孫權時，永康人入山，還得大龜，烹之不爛，即此山也。」「此山」乃指「金勝山」。《廣記》四六八引，末句作「即逐之」三字（《舊小說》甲集同）。

遊不量時，

《類聚》九六、《廣記》、《事類賦注》二四、《事文類聚後集》三五、《群書類編故事》二四引，「量」並作「良」（《舊小說》甲集同）。

案：核以上下文義，以作「量」字爲宜，考《初學記》八，三〇，《水經注》四〇引，有「行不擇日」之語，「遊不量時」、「行不擇日」，義正相通。

擔出，欲上吳王。

《類聚》、《廣記》、《水經注》、《事類賦注》，《事文類聚後集》、《群書類編故事》引，「擔」並作「載」（《舊小說》甲集同）

纜舟於大桑樹。

《類聚》、《初學記》、《水經注》，《事文類聚後集》、《群書類編故事》引，「舟」並作「船」。《廣記》引，作「舡」（《舊小說》甲集同）。

案：《方言》九：「舟、自關而西謂之船，自關而東或謂之舟。」又「舡」乃「船」之俗字，則「舟」、「船」、「舡」三字無別矣。

我被拘繫，方見烹臛。

《類聚》、《廣記》、《事類賦注》、《事文類聚後集》、《群書類編故事》引，「繫」作「摯」（《舊小說》甲集同），又除《事類賦注》，餘皆引「臛」作「臛」。

案：《集韻》：「摯，繫也。」《玉篇》：「繫，約束也。」「繫」、「摯」二字義可通。《說文》：「臛、肉羹也。」《正字通》：「臛同臛」。

計從安簿？」

《廣記》、《事類賦注》引，「簿」作「出」（《舊小說》甲集同）。《水經注》引，作「計將安治」。

焚柴萬車，

《廣記》引，「萬」作「百」（《舊小說》甲集同）。《水經注》引，「焚」作「燒」。

諸葛恪曰：「燃以老桑樹乃熟。」

《廣記》、《群書類編故事》引，「燃」作「然」。又《廣記》引「乃」作「方」（《舊小說》甲集同）。

獻者乃說龜樹共言。

《廣記》引，「者乃」二字作「之人仍」三字（《舊小說》甲集同）。

權使人伐桑樹煑之，龜乃立爛。

《廣記》、《事類賦注》、《事文類聚後集》，《群書類編故事》引，作「權登使伐取，煮龜立爛」。

野人故呼龜為元緒。

《古今注》曰：「龜名元衣督郵。」

或見一龜，（〈叩龜得路〉）

《廣記》一三一引，「或」作「忽」。

龜乃伸頭，

《廣記》引，「頭」作「頸」。

鸚鵡螺形似鳥，故以為名。（〈鸚鵡螺〉）

《類聚》九七引《南州異物志》：「鸚鵡螺，狀如覆抔，頭如鳥頭，向其腹，視似鸚鵡，故以爲名。肉離殼出食，飽則還殼中，若爲魚所食，殼乃浮出，人所得，質白而紫，文如鳥形，與觴無異，故因其象鳥，爲作兩目兩翼也。」可作爲此條之補充。

閉而不謀，（〈蒼蠅傳詔〉）

《類聚》九七引，無此句。《廣記》四七三引，作「祕而不泄」。

須臾亡去，帝竊異焉。

《類聚》引，上句作「有頃皆出」。《廣記》引，「去」作「出」，無「竊」字。

輒傳有詔，喧然已徧矣。

《類聚》、《廣記》引、「詔」並作「赦」。又《廣記》引，「徧」作「遍」（《四庫》本同）。《集韻》：「徧，或从辵。」

縊女蟲也。一名蜆、長寸許、頭赤身黑，恒吐絲自懸。（〈縊女〉）

《爾雅》九〈釋蟲〉：「蜆，縊女。」郭注：「小黑蟲、赤頭，喜自經死，故曰縊女。」《說文通訓定聲》：「蜆，按今蘇俗所謂蓑衣蟲也，吐絲自裹，有時而懸，非眞死也。」

卷　四

蜀郡臨邛縣有火井。（〈火井〉）

《博物志》二：「臨邛火井一所，從廣五尺，深二三丈。井在縣南百里。昔時人以竹木投以取火，諸葛丞相往視之，後火轉盛熱。」《文選》四左思〈蜀都賦〉：「火井沉熒於幽泉，高爓飛煽於天垂。」注云：「蜀郡有火井，左臨功縣西南。火井，鹽井也，欲出其火，先以家火投之，須臾許，隆隆如雷聲，爓出通天，光輝十里，以箭盛之，接其光而無炭也。」《寰宇記》七五引《華陽國志》：「人欲其火出，先以家火投之，頃許如雷聲，火焰出通燿數十里。」

諸葛亮一瞰而更盛。

《六帖》一〇、《海錄碎事》三下引，「瞰」作「闞」。闞，本作闞。《說文》：「闞，望也。」段注：「望有倚門倚閭者，故從門。」《廣韻》：「瞰，視也。」是「闞」、「瞰」二字，義可相通。

及晉惠帝幸鄴宮，（〈鄴宮刻字〉）

《類聚》六二引王隱《晉書》，「幸」作「止」。

乃卓然驚寤，（〈夢日環城〉）

《古今說部叢書》本、《四庫》本、《學津》本、《說庫》本，「寤」作「寤」。《世說新語》下假譎引，作「悟」。

而未有息。（〈黃氣鍾靈〉）

《御覽》五二九引，「息」下有「嗣」字。

濮陽令左帝前禱，

《書鈔》九〇引，作「乃禱辭云，若無應者，將無異也」。《御覽》引，「帝」作「弟」。

忽有黃氣，自西南來逆室前，

《書鈔》引，作「欝有黃氣，起而西南，遙墮室前」。《御覽》引，「忽」作「欝」。

劉曜隱居管涔之山，（〈管涔王獻劍〉）

《寰宇記》四一云：「管涔山左縣（靜樂縣）北一百三十里，一名菅涔山。《山海經》云：『汾水所出，土人云：其山多菅草，或以爲名。』」

背有銘云：「神劍服御除眾毒。」

《寰宇記》四一引《前趙錄》，此句下尚有「曜遂服之，劍隨時變爲五色」。

讓無言，（〈襄國讖〉）

《書鈔》九六引，作「讓言退」。

讓去言為襄字，

《書鈔》引，作「言既去，餘襄在」。

案：《寰宇記》五九云：「晉初童謠云：『古在左，讓去言，或入口』，果爲石勒所據。胡字古在左也，讓去言爲襄，或入口爲國也。」

石勒伐劉曜於洛陽，（〈靈昌津〉）

《御覽》七一引，「石勒」下有「元初十一年」五字。

命曰靈昌津。

《御覽》引，「命曰」作「改名」。

案：《寰宇記》九云：「延津即靈昌津也，左縣（靈河縣）東北二十五里。初石勒伐劉曜至河渚，不得渡，時流澌下流因風結冰，濟訖冰泮，勒自以爲天助，故號靈昌津。」今本《異苑》謂將濟河而冰泮，舟楫無閡，而《寰宇記》云冰結得濟，所載與《異苑》小異。

植之悉生，（〈天麥〉）

《御覽》八三七引，「植」作「殖」。

《正字通》：「植，說文植，重文作檈，與殖通，借種植也。釋氏多用殖。」

及天兵薄伐，乃激洪流。（〈女水〉）

《御覽》八七三引，「及天兵」作「暨宋武」，「流」作「波」。

秦世有謠曰：「秦始皇，何僵梁。開吾戶，據吾床。飲吾酒，唾吾漿。飧吾飰，以為糧。張吾弓，射東墻。前至沙丘當滅亡。」（〈小兒輦沙〉）

《御覽》八六引，「何僵梁」作「奄僵」，「床」作「牀」，「飧吾飰」作「飡吾飲」，「墻」作「牆」。《鉤沈》本《小說》引《說郛》二五，「僵」作「強」，

「飲吾酒，唾吾漿」作「飲吾漿、唾吾裳」。

案：「強」與「彊」通，《詩・大雅・蕩》：「曾是彊禦。」傳云：「彊禦，彊梁禦善也」疏曰：「彊梁者，任威使氣之貌。」今本「彊」作「僵」，乃形似而訛，當據正。

政甚惡之，乃遠沙丘而循別路，見一羣小兒輦沙為阜。問云沙丘，從此得病。

《鉤沈》本，「政」作「始皇」，「乃」上有「及東遊」三字，「輦」作「攢」，末二句作「問之何爲，答云，此爲沙丘也，從此得病而亡」。

案：《古今合璧事類備要》五一引《論衡》：「孔子將死，遺秘書曰：『不知何一男子，自稱秦始皇，上我堂，踞我床，顛倒我衣裳，至沙兵而亡。』後始皇至魯，觀孔子宅，至沙丘而崩。」《寰宇記》五九引《十三州志》云：「秦王東巡回，死於沙邱。」又《史記・秦始皇本紀》：「始皇崩於沙丘平臺。」沙丘，今河北省平鄉縣東北。

宣帝廟地陷裂，（〈晉宣帝廟〉）

《御覽》八八〇引，「陷裂」作「欻陷」。

是煋絕之祥也。

《說庫》本，「煋」作「煌」。《御覽》引，作「煙」。

案：《字彙》：「煋同燬」。《玉篇》：「燬，火也。」《集韻》：「燬，火也。」「燬」、「焜」、「燬」、「煋」四字同義，皆「烈火也」，今本不誤。

人有得一鳥毛，長三丈，（〈海鳧毛〉）

《廣記》一九七引，「三」作「數」。《琱玉集》引《晉抄》，作「時有一鳥毛墮地，長一尺餘」。

此毛出，則天下土崩矣。

《琱玉集》，「此毛落者，天下當土崩瓦解」。

《琱玉集》又云：「及惠帝崩，懷帝立，劉石等作亂，石勒逼於洛陽懷帝南遷，至愍帝立，長安陷於胡賊，天下果大亂也。」

而當其門前方數十步，獨液不積，（〈玉馬缺口齒〉）

《晉書・五行志中》，作「而當門前方數丈獨消釋」。《類聚》八三，《御覽》八〇五、《事類賦注》九引，「獨」並作「融」。

騰以為馬者國姓，稱吉祥焉。

騰，複姓司馬，字元邁。《晉書・五行志中》，下句作「上送之，以爲瑞」。《御覽》、《事類賦注》引，作「爲吉瑞」。

或謂馬無齒，則不得食。

《晉書・五行志中》，謂馬無齒則不得食，乃妖祥之兆，衰亡之徵。

董養字仲道，（〈洛城二鵝〉）

《四庫》本，「養」作「養」。《正字通》：「養、舊訓同養。」

奉聞歎曰：

《四庫》本，「奉」作「養」。前既云「董養」，此處宜作「養」方能與上呼應，今本誤作「奉」，乃形似而訛，當據正。

晉孝武太元末，（〈巾箱中鼓角〉）

《書鈔》一三五引，「末」下有「將亂」二字。

有鼓吹鼙角之音，

《書鈔》、《御覽》三三八、七一一引，「鼙」並作「鞞」。又《書鈔》、《御覽》三三八引，「音」作「響」。《御覽》九九引，「音」作「饗」。

《集韻》：「鼙、或作鞞、鞞。」

是歲帝崩，

《御覽》三三八，七一一引，作「帝是歲崩」。

晉祚自此而衰。

《四庫》本、《學津》本，「祚」作「室」。

其後盧修果從會稽叛。（〈盧修叛讖〉）

《書鈔》九六引，無此句，但有「受會稽二九及安皇肇建，既而孫恩叛，據盧脩繼寇十載以二賊叛驗之。」

案：「盧修」當作「盧循」。「修」或寫作「脩」，而「脩」、「循」形近，傳寫易致誤，考《晉書》一〇〇：盧循，諶之曾孫，字于先，幼名元龍，娶孫恩妹，及恩作亂，與之通謀。恩死後，餘眾推循爲主。義熙中，劉裕伐慕容超，循乘虛而出，近逼建康，後爲劉裕擊退，投水死。今本誤「循」爲「修」，當據正。

隆安初，（〈孫恩亂兆〉）

隆安，東晉安帝司馬德宗之年號。《晉書・五行志中》，《宋書・五行志二》，並有「安帝」二字。又《宋書・五行志四》云：「吳興長城縣夏架山有石鼓，長丈餘，面徑三尺所，下有盤石爲足，鳴則聲如金鼓，三吳有兵。晉安帝隆安中大鳴，後有孫靈秀之亂。」

聚皐橋上，

《晉書》、《宋書・五行志》，「皐」作「高」。

無幾有孫恩之亂。

《晉書》、《宋書・五行志》，並云：「孫恩亂於吳會」。孫恩，字靈秀，其事蹟可參見《晉書》一〇〇。

尋為桓大司馬所殺。（〈藏彄凶兆〉）

《御覽》七五四引，「殺」作「誅」。《廣雅・釋詁》：「誅，責也。」《說文》：「殺，戮也。」「誅」本是口頭責罵，「殺」則致人於死，義本不同，今則不分矣。

王宜還也。（〈慕容死獵〉）

《御覽》八三二引，「宜」作「且」。

西秦乞伏熾磐都長安，（〈西秦將亡〉）

《廣記》三六〇引，「伏」作「佛」，「磐」作「盤」。

案：乞伏，複姓，本鮮卑部落名，後以爲氏。《通志・氏族略》：「乞伏國仁，本鮮卑乞伏、部酋帥也、晉孝武時，僭號西秦王。」乞伏熾磐乃西秦之太祖，在位十六年，年號永康，建弘。其詳可見《晉書》一二五，《魏書》九九。

人常宿汲水亭之下，

《廣記》引，「水亭」作「亭水」。

共相攻伐，

《廣記》引，「共」作「互」。

佛佛虜凶虐暴惡，（〈霹靂題背〉）

《御覽》一三引，「惡」作「忍」。

表其凶逆而然也，

《珠林》七引，「逆」作「匿」。

國少時為涉去所襲。

《珠林》引，「襲」作「棄」。

案：《鈎沈》本《宣驗記》亦載此事甚詳；「佛佛擄破冀州，境內道俗，咸被殲戮，凶虐暴亂，殘殺無厭，爰及關中，死者過半，婦女嬰稚，積骸成山。縱其害心，以爲快樂。仍自言曰：『佛佛是人中之佛，堪受禮拜。』便畫作佛像，背上佩之，當殿而坐。令國內沙門，『向背禮像，即爲拜我。』後因出遊，風雨暴至，四面暗塞，不知所歸，雷電震吼，霹靂而死。既葬之後，就塚霹靂其棺。引屍出外，題背爲凶虐無道等字。國人慶快，嫌其死晚。少時，爲索頭主涉圭所呑，妻子被刑戮。」（辯正論八注引《宣驗記》，又云見蕭子顯《晉書》），可補今本之不足。

盧龍將寇亂京師，（〈盧龍將亂〉）

《類聚》八二引，「寇亂」作「攻」。《御覽》一〇〇〇引《晉中興書・徵祥說》云：「義興初，童謠曰：『官家養蘆化作荻，蘆生不止自成積。』是時盧循竊據廣州，國未能討，因而用之，是官養蘆也。」（荻猶敵也）《晉書・五行志中》、《宋書・五行志二》俱載此事。盧循小字元龍，盧龍蓋「盧元龍」之省。

陳仲弓從諸子姪造荀季和父子，（〈德星聚〉）

《御覽》四〇二引，作「汝南陳仲躬與諸息姪就穎川荀季和父子」。蒙求上荀陳德星注引，作「陳寔字仲弓，荀淑字仲和（當作季和），仲弓與子侄造季和父子討論」。

案：荀淑，後漢穎陰人，字季和。少有高行，博學不喜章句，有子八人，儉（字伯慈）、緄（字仲慈）、靖（字叔慈）、燾（字慈光）、汪（字孟慈）、爽（字慈明）、肅（敬慈）、旉（初慈），並有才名，皆備德業，時號荀氏八龍。陳寔，東漢許人，字仲弓。有志好學，坐立誦讀，子紀字元方，諶字季方，齊德同行，父子並著高名。（見《後漢書》六二）

於時德星聚，

《書鈔》一五〇、《初學記》一、《御覽》四〇二、《事類賦注》二、蒙求上注引，「於」並作「于」。《爾雅》曰：「于，於也。」「于」、「於」古通，詳釋詞。又《御覽》引，「聚」上有「為之」二字。

太史奏五百里內有賢人聚。

《書鈔》引，無「內」字。《御覽》引，「聚」作「集」。

上横節便止。（〈血迹公字〉）

《御覽》三七〇引，「上」上有「至」字，「止」作「絕」。《事文類聚新集》一、《古今合璧事類備要》一一引，並作「至横文上節便絕」。

君左手中指有竪理，

《事文類聚遺集》八引《晉書》，「竪」作「豎」。《集韻》：「豎，俗作竪。」案：《事文類聚》引《晉書》亦載此事，云：「有善相者師圭謂陶侃曰：『君左手中指有豎理，當為公，若徹於上，貴不可言。』侃以針決之，見血灑筆而為公字，以紙裹手，公字愈明。」（參見《晉書》六六〈陶侃傳〉）

又取紙裹，公迹愈明。

《御覽》引，「又」作「乃」。《事文類聚新集》、《古今合璧事類備要》引，「迹」並作「字」。

桓玄生而有光照室。（〈桓靈寶〉）

《四庫》本，「玄」作「⿱亠幺」。《學津》本，「玄」作「元」。乃避清聖祖諱也（聖祖為玄燁，年號康熙）。桓玄，晉龍亢人，溫子，字敬道，一名靈寶，形貌瓌奇，博通諸藝。（見《晉書》九九、《魏書》九七）

此兒生有奇曜，宜目為天人。

《世說》下〈任誕〉引，「曜」作「耀」，「目」作「自」。

任城魏肇之初生，有雀飛入其手，占者以為封爵之祥。（〈魏肇之〉）

《類聚》九二、《御覽》九二二引同。

案：《說文》雀篆下段注云：「禮器象之曰爵，爵與雀同音，後人因書小鳥之字為爵矣。」《集韻》亦云：「雀，通作爵。」故雀入魏氏之手，則占者以為有封爵之祥也。

車莞劉穆之字道和，小字道人，（〈劉道人〉）

《類聚》九九、《御覽》九一五，《事類賦注》一八引，「道和」並作「道民」，且無「小字道人」四字。

案：劉穆之，南朝宋，莒人，字道和，從武帝平建業，內總朝政，外從軍旅，官至尚書右僕射。（見《宋書》四二、《南史》一五）

世居京口。

《類聚》、《御覽》、《事類賦注》引，「世」並作「素」。

子必協贊大猷。

《御覽》引，「協」作「恊」。《正字通》：「恊同協。」今經典多作協，協行而恊遂廢而不用。

晉孝武太元年，劉波字道則，（〈劉氏狗妖〉）

《廣記》一四一引，此二句上下顛倒。又「年」字上，疑有脫漏。

一人焉用兩楯為。（〈北伐敗徵〉）

《御覽》三五七引，脫一「楯」字。

及敗北，拋戈棄甲，兩手各持一楯，蒙首而奔。

《御覽》引，作「及敗，悉負樐而退」。

《說文》：「櫓，大盾也。或從鹵。」是「櫓」、「樐」二字，音義皆同。又《字彙》：「楯與盾同。」則「楯」、「樐」義可通也。

丹陽甘卓將襲王敦，（〈盼刀相〉）

甘卓，晉丹陽人，字季思。生平參見《晉書》七〇。

自照鏡不見其頭，

《晉書．五行志上》，《宋書．五行志二》，俱云：「此金失其性而爲妖也。」

先時歷陽陳訓私謂所親曰：「甘侯頭低而視仰，相法名為盻刀，又目有赤脉，自外而入，不出十年，必以兵死，不領兵則可以免。」

案：「盻」當作「盼」，《晉書．陳訓傳》亦載此事。盼刀，凶目也，頭低而視仰，相法謂之盼刀。

東晉謝安字安石，（〈安石薨兆〉）

《御覽》八八五引，作「謝文靜」三字。《廣記》一四一引，無「字安石」三字。

案：謝安，晉陽夏人，字安石。風度秀徹，神識沉敏。謚曰「文靖」，贈太傅，世稱謝太傅。（見《晉書》七九）則《御覽》引「謝文靜」，當是

「謝文靖」之誤也。

婦劉氏見狗啣謝頭來，

《御覽》引，「啣」作「銜」。《廣記》引，「謝」作「安」。

謝容色無易，

《御覽》引，作「謝容無異色」。

義熙中，王愉字茂和，（〈王綏伏誅〉）

《御覽》八八五引，作「王愉義熙初」。《廣記》三六〇引，作「王愉字茂和，義熙初」。

在庭中行，

《御覽》引，「庭中」作「中庭」。《廣記》引，「在」上有「愉」字。

帽忽自落。

《御覽》、《廣記》引，「落」並作「脫」。

月朝上祭，

《御覽》引，「朝」作「期」。

須臾下地，

《廣記》引，「須」上有「酒器」二字。

復還登床，

《御覽》、《廣記》引，「復」並作「覆」。

尋而第三兒緩，懷貳伏誅。

《御覽》、《廣記》引，「緩」作「綏」。

案：王綏，愉之子，字彥猷。少有美稱，厚自矜邁，實鄙而無行，坐父愉謀亂，被誅。詳見《晉書》七十五。今本「綏」誤作「緩」，乃形似而訛，當據正。

晉隆安中，高惠清為太傅主簿。（〈鼠孽逃亡〉）

《御覽》七四〇引，無「晉」字，「隆安中」三字在「清」字下。

忽一日有羣鼠更相齗尾，

《御覽》引，「一」作「晝」。

清尋得瘂疾，

《御覽》引，「瘂」作「瘖」（《學津》本同）。《說文》：「瘖，不能言也。」而「瘂」與「啞」同；「瘂」、「瘖」二字音別義同。

永初中，北地傅亮為護軍，（〈傅亮被誅〉）

《御覽》九七一引，無「北地」二字，「永初中」三字在「亮」字下。

夜忽見北窓外樹下有一物，

《御覽》引，「樹」上有「椑」字。

元嘉中，高平檀道濟鎮潯陽，（〈檀道濟凶兆〉）

《類聚》七一，《御覽》七七一、八八五、《事類賦注》一六引，俱無「高平」二字，「元嘉中」在「濟」字下。

驅去復來，

《御覽》八八五引，「來」作「至」。

勿加斵斧。

《類聚》引，「加斵」作「如折」。

文帝元嘉四年，太原王徽之字伯猷，為交州刺史。（〈炙變人頭〉）

《御覽》八八五引，無「文帝」二字，「元嘉四年」在「猷」字下，「交州」作「兗州」。《廣記》一四一引，作「王徽之、宋文帝元嘉四年爲交州刺史」。

終不食，投地大怒，

《御覽》、《廣記》引，「食」並作「入」。又《廣記》引，無「大」字。

乃大驚愕，反屬目覩其首在空中，

《御覽》引，作「驚愕反矚又覩其首在空中」。核以上下文義，以作「矚」字爲宜。

其家狗臥于當路（〈狗作人言〉）

《御覽》八八五引，作「狗當路眠」。

未幾豫死。

《御覽》引，「未幾」作「經年」。

乃冲突而出，(〈雞突竈火〉)

《類聚》八〇引，「冲」作「於」。「冲」乃「沖」之俗字。沖突，飛出也。

皆以箋紙繫之，(〈張司空暴疾〉)

《御覽》六〇五、八一六引，「繫」作「繼」。

紛紛甚駛。

《御覽》六〇五引，「駛」作「快」。《御覽》八八五、《廣記》三六〇引，「駛」並作「駃」。

案：《說文》：「駃，駃騠馬父驘子也。」《廣雅》：「駃，奔也。」《集韻》：「駃，馬行疾。」「駃」音義皆與「快」同。元好問詩：「駃雨東南來」。自注：「駃與快同」。今本誤「駃」爲「駛」，以其形近而訛，當據正。

猶自數生，

《御覽》八一六引，作「猶有數片」。

張經宿暴疾而死。

《廣記》引，無「張」字，「經」作「信」。

血色淋漓，(〈謝臨川被誅〉)

《御覽》八八四引，作「血淋落」。《廣記》三二三引，作「血流淋落」。

又所服豹皮裘，

《廣記》引，「豹皮」作「貂」。

晦得廼紙盤，(〈赤鬼〉)

《廣記》三二三引，「廼」作「乃」。「廼」爲「迺」之俗字。「迺」又假借爲「乃」，是「廼」、「迺」、「乃」三字同也。

元嘉五年秋夕，豫章胡充有大蜈蚣長三尺，(〈蜈蚣〉)

《廣記》四七四引，首句在「充」字下，「三」作「二」。

婢纔出戶，

《廣記》引，「纔」作「裁」。《說文通訓定聲》：「裁，假借爲才，與用纔、財同。」

合門時患，

《廣記》引，「合」作「闔」。

新野庾寔妻毛氏，（〈魂臥曝薦〉）

《御覽》八八六引，作「新野庾寔妻滎陽毛氏女」。《廣記》三六〇引《五行志》，亦有「滎陽」二字。

嘗于五月五日曝薦蓆，

《初學記》四、《御覽》三一引，「曝薦蓆」作「暴席」。《六帖》四、《御覽》二二引，作「曝席」。《御覽》七〇九引，作「曬暴薦蓆」。《集韻》：「暴，日乾也，或作曝。」是「暴」、「曝」二字，音義皆同。《正字通》：「蓆，薦席之席，亦作席。」「蓆」、「席」二字同也。

案：《荊楚歲時記》：「是月俗忌蓋屋及曝薦席。」《風俗通》云：「五月蓋屋，令人頭禿。」又云：「不得曝床薦席。」

忽見其三歲女在蓆上臥，

《御覽》七〇九、八八六引，「蓆上」作「蓆下薦上」。《廣記》引《五行記》，「上」作「下」。

卷　五

秦時丹陽縣湖側有梅姑廟。（〈梅姑廟〉）

《書鈔》一三六引，「縣」下有「故」字。

能著履行水上，

《書鈔》、《御覽》六九八引，「履」並作「屐」。

晦朔之日，

《珠林》七九、《御覽》引，「朔」並作「望」。

案：《說文》：「晦，月盡也。」陰曆每月之末日為晦。又初一為朔，十五為望。

輒有迷徑沒溺之患。

《珠林》引，「沒溺」作「溺沒」。

案：《太平府志》：「秦，梅姑，丹陽縣人，生有道術，能行水上，壻惡而殺之，投湖中，時有方棺，自上流來，盛其屍而去。後土人漁獵，湖中屢有風濤之患，姑常顯形於水霧中。巫曰：『姑惡殺，不忍見漁獵也。』至今青山下有梅山、梅塘。梅姑廟，今稱娘娘廟者是。」所載與今本可相發明。

商旅經過，（〈宮亭湖廟〉）

《書鈔》一三七引，作「往過之商人」。

皆舉帆利涉無虞。

《書鈔》引，「帆」作「汎」，「無虞」作「大川」。

晉中朝有質子將歸洛，（〈江神祠〉）

《珠林》七九引，作「中朝縣民至洛」。

取書而沒，

《珠林》引，「沒」作「淪」。

河伯欲見君。

《珠林》、《類聚》八二引王歆〈始興記〉，「河」作「江」。

初有女子浣於豚水，(〈竹王祠〉)

《珠林》七九引，「初」作「昝」(即「昔」字)，「豚水」作「水濱」。

聞其中有號聲，

《珠林》引，作「有小兒啼聲」。

及長有才武，

《珠林》引，「及長」作「長養」。

以竹為姓，

《珠林》引，「以」作「因」。

夷獠咸訢以竹王非血氣所生，

《古今說部叢書》本、《四庫》本、《學津》本、《說庫》本，「訢」並作「訴」(《珠林》引同)。又《珠林》引，「生」作「育」。

求為立後，

《珠林》引，作「求立嗣」。

案:《寰宇記》七五引《華陽國志》、八五引《蜀記》、一六二引《郡國志》，均載此事，唯《蜀記》所載故事，與今本小異，附錄於此，以作比較。《蜀記》云:「昔有女人於溪浣紗，有大竹流水而觸之，因有孕，後生一子，自立爲王，因以竹爲姓，漢武帝使唐蒙伐牂柯，斬竹王，土人不忘其本，立竹王廟，歲必祀之，不爾爲人患。」

吳郡桐廬有徐君廟，(〈徐君廟〉)

《書鈔》一三六引，「桐」作「相」，無「有」字。《書鈔》誤也，作「桐廬」方是，《廣記》二九五引，正作「桐廬」二字。

左右有為刼盜非法者，便如拘縛，

《書鈔》引，「刼盜」作「盜刼」，「如拘」作「加束」。

東陽長山縣吏李瑫，

《書鈔》引，「李瑫」作「季伯」。《廣記》引，「瑫」作「滔」。

遭事在郡，

《御覽》七一八，《廣記》引，「郡」並作「都」。

有白魚跳落婦前，

《書鈔》引，作「白魚跳□□□」，□□□當是「落婦前」三字，可據今本補之。

晉永嘉中，吳相伍員廟，（〈伍員廟〉）

《類聚》七九引，「永嘉中」在「廟」字下。

值京都傾覆，

《四庫》本，「覆」作「廢」。

歸途阻塞，

《類聚》引，「途」作「塗」。《廣韻》：「塗，路也。」又「途，道也。」「途」與「塗」通。

悉持大印，（〈厕神後帝〉）

《御覽》八八二引，「印」作「杖」。

有一人朱衣平上幘，

《御覽》、《廣記》三二二、《荊楚歲時記》引，「朱」並作「單」。

故來相報，

《御覽》引，作「故出相見」。《廣記》引，作「故出見」。

三載勿言，富貴至極。」侃便起，旋失所在，

《御覽》引，作「三載說，富貴莫可言。侃起口，逐失所在」，《御覽》所引「三載說」，顯然脫一「莫」字，當作「三載莫說」方是。《荊楚歲時記》引，前二句作「三年莫說，貴不可言」，可爲旁證。

案：富貴何指？《六帖》一〇引《晉書》云：「侃嘗如厠，見一人朱衣介幘斂履，曰：『以君長者，故來相報，君後當爲公侯至八州都督。』」

當其穢處。

《廣記》引，「處」作「所」。

侃家童千餘人，嘗得胡奴，不喜言，嘗默坐。侃一日出郊，奴執鞭以隨，胡僧見而驚禮云：「此海山使者也。」侃異之，至夜，失奴所在。（〈海山使者〉）

案：《杜工部集》十四〈示獠奴阿段〉一首：「山木蒼蒼落日曛，竹竿裊裊細泉分。郡人入夜爭餘瀝，豎子尋源獨不聞。病渴三更迴白首，傳聲一注濕青雲。曾驚陶侃胡奴異，怪爾常穿虎豹群。」此處「胡奴」一語，據《世說新語·方正篇》「王脩齡嘗在東山甚貧乏」條，劉孝標注云：「胡奴，陶範小字也，〈陶侃別傳〉曰：範字道則，侃第十子也。」則爲陶侃之子，範之小字，然依今本所云觀之，「胡奴」不爲陶侃之子，範之小字，乃是侃之家童，此處正云此家童不可思議之事。故《四庫提要》云：「且其（指《異苑》）詞旨簡澹，無小說家猥瑣之習，斷非六朝以後所能作，故唐人多所引用。如杜甫詩中陶侃胡奴事，據《世說新語》但知爲侃子小名，勘驗是書，乃知別有一事，甫之援引爲精切，則有裨於考證，亦不少矣。」

便失所在，靈恠太元中，（〈丹陽袁雙〉）

《古今說部叢書》本，《說庫》本，「失」作「覺」。《舊小說》甲集，「恠」作「在」（《廣記》二九四引同）。

爾日風雨忽至，

《廣記》引，「日」下有「常」。

村人丘都於廟後見一物，

《四庫》本、《學津》本、《舊小說》甲集，「丘」並作「邱」。

未知雙之神，

《舊小說》甲集，「知」下有「爲」字（《廣記》引同）

青谿小姑廟，（〈青谿小姑〉）

《四庫》本、《說庫》本，「谿」並作「溪」（《御覽》三五〇引同）。《集韻》：「谿，或从水。」

云是蔣侯第三妹。

案：蔣侯，蔣子文也。《搜神記》五：廣陵蔣子文嘗爲秣陵尉，因擊賊傷而死，吳孫權時，封中都侯，立廟鍾山。

廟中有大穀扶疎，

《御覽》引，作「廟中有大穀樹扶踈蔭濆」。

烏嘗產育其上。

《御覽》、《廣記》二九五引，「嘗」並作「常」。《釋文》:「常，本亦作嘗。」

陳郡謝慶執彈乘馬，繳殺數頭，

《御覽》引，「繳」作「激」。《廣記》引，作「謝慶彈殺數頭」。

即覺體中慄然。

《御覽》引，無此句。

經日謝卒。

《御覽》引，「日」作「年」。

令寄載十許里耳。（〈驅除大將軍〉）

《四庫》本，「十許里耳」作「十里許耳」。

口目皆赤，

《廣記》二九三引，無「目」字。

異於始時，既不敢遣，

《廣記》引，作「異之，始時既不敢遣」。

彷彿見一老翁，以一囊與徽，（〈命囊一挺炭〉）

《御覽》八七一引，「彷彿」作「仿佯」，「一囊」作「小囊」。

徽年八十三，

《御覽》七○四引，「八十三」作「八十」，八七一引，作「六十」。

語子弟云:「吾齒盡矣，

《御覽》八七一引，「子弟」作「弟子」。《廣記》一四一引《廣古今五行記》，作「弟」。又《御覽》七○四引，「盡」作「老」。

於是遂絕。

《御覽》七○四引，「絶」作「死」。八七一引，作「亡」。《廣記》引，作「卒」。「絶」、「死」、「亡」、「卒」四字，義可相通。

常事鬼子母，（〈鬼子母〉）

案：鬼子母，佛家語，本名訶利帝，今譯作歡喜母。為五百鬼子之母，故云鬼子母。

加取影象焚剉而後去。

《廣記》二九二引，「象」作「像」，「後去」作「去也」。

為大婦所嫉（一作妒），（〈紫姑神〉）

《初學記》四引，「嫉」作「逐」。《古今合璧事類備要》一五引，「婦」作「媍」。

夜於厠間或猪欄邊迎之。

《廣記》二九二引，「厠」作「廁」。《御覽》八八四引，「猪」作「豬」。案：《說文》：「廁，清也，以广則聲。」《說文通訓定聲》：「廁，字亦誤作厠。」今乃「厠」、「廁」不分矣。《集韻》：「豬，或从犬。」是「猪」同「豬」也。

祝曰：「子胥不在，是其婿名也。曹姑亦歸，曹即其大婦也。小姑可出戲。」

《御覽》引，「祝」作「呪」。《荊楚歲時記》引，作「咒」。《廣記》引，「婿」作「壻」，「歸」下去「去」字。《說文》：「壻，或从女。」

案：核以上下文義，「是其婿名也」，「曹即其大婦也」二句，當是注語，而非正文。《歲華紀麗》引，正作「子胥不在。曹姑己行。小姑可出。」《古今合璧事類》引，於「曹姑歸去」下有小字注云：「即其大媍」，則今本以小注誤入正文明矣，當據正。

投者覺重，

《御覽》三○、八八四，《廣記》、《事物紀原》八，《古今合璧事類備要》、《荊楚歲時記》引，「投」並作「捉」。作「捉」字爲宜，今本誤爲「投」，當據改。又《事物紀原》引，「重」作「動」。

即跳躞不住。

《御覽》三○、八八四引，「躞」並作「躁」。

又善射鉤。

《廣記》引，「鉤」作「釣」。

躬試往投，

「投」亦爲「捉」字之誤。《御覽》、《廣記》引，「投」並作「捉」。

便自躍茅（一作穿）**屋而去，**

《御覽》三〇引，作「便自躍穿頂」，八八四引，作「自躍穿帳頂而去」。

《廣記》引，作「便自躍穿屋」。《荊楚歲時記》引，作「遂穿屋而去」。

烏傷陳氏有女未醮，（〈左蒼右黃〉）

《廣記》二九三引，無「未醮」二字。

著屐徑上大楓樹顛，

《類聚》八九引，「徑」作「遙」。

了無危懼，

《類聚》引，「懼」作「閡」。《御覽》九五七引，作「更口危闇」。

常暫歸耳。

《類聚》、《御覽》引，「暫」並作「蹔」。《集韻》:「暫，通作蹔。」

舉手辭訣，

《廣記》引，「舉」作「拳」。

人不了蒼黃之意，

《類聚》、《御覽》引，「人」並作「既」。

共至神舍，（〈楊明府〉）

《廣記》二九五引，「神」作「祠」。

廻騎而去，

《廣記》引，「而」作「如」。

隴遂得痿病死，

《廣記》引，「痿」作「瘻」。

《說文》:「痿，痺也。」又云:「瘻，頸腫也。」二者意義不同，然其爲病則一也。

山下有項羽（一作藉）**廟。**（〈下山項廟〉）

《四庫》本、《學津》本、《說庫》本，「藉」作「籍」。

案:作「籍」是也，今本誤，當據正。

相傳云:

《廣記》二九五引，「傳」作「承」。

遂命盛設筵榻接賓，

《廣記》引，無「接賓」二字。

未几，

《古今說部叢書》本、《四庫》本、《學津》本、《說庫》本，「几」並作「幾」（《廣記》引同）。

元嘉九年二月二十四日，長山張舒奄見一人，（〈張舒受秘術〉）

《御覽》三五九、《廣記》二九五引，並作「長山張舒，以元嘉九年二月二十四日奄見一人」。

如汝可教，

《御覽》引，作「汝何可教」。《廣記》引，無「如」字。

舒上梯乃造大城，

《御覽》、《廣記》引，「乃」並作「仍」。

有一人長大不巾幘，

《御覽》引，「幘」作「蹟」。

案：「幘」字是也，《御覽》引作「蹟」，以形近而誤也。

舒之不覺受之。

《御覽》引，「之」作「時」。

元嘉四年五月三日，會稽餘姚錢祐，夜出屋後，（〈錢祐受術數〉）

《御覽》七二六引，作「會稽餘姚錢祐，以元嘉四年五月二日夜出屋後」。《廣記》二九二引，無首句。

形貌偉壯，

《廣記》引，「偉壯」作「壯偉」。

左右侍者三十餘人，

《御覽》引，「餘」作「余」。《正字通》：「餘，周禮餘亦作余。」《廣記》引，作「侍從四十人」。

留十五晝夜，語諸要術，

《御覽》、《廣記》引，並作「留十五日，晝夜語諸要術」。

乃見歸路，

《御覽》引，「乃」作「仍」。

經年乃卒。

《廣記》引，「乃卒」作「廼死」。

十二棋卜，出自張文成，受法於黃石公。行師用兵，萬不失一。逮至東方朔，密以占眾事，自此以後，秘而不傳。晉寧康初，襄城寺法味道人，忽遇一老公，著黃皮衣，竹筒盛此書，以授法味，無何失所在，遂復傳流于世云。(〈十二棋卜〉)

《御覽》七二六引，「棋」作「棊」。《事物紀原》七引，作「碁」。《說文》：「棊，簙棊。」又《集韻》：「棊，或作碁、檱，通作棋。」

案：文成，留侯張子房(即張良)之謚也。《史記》五五〈留侯世家〉載，良嘗閒從容步游下邳圯上，有一老父，衣褐，墮其履於圯下，命良取之並爲之著，良忍而爲之，後授太公兵法予良，云：「讀此則爲王者師矣。後十年興。十三年孺子見我濟北，穀城山下黃石即我矣。」又《事物紀原》七云：「十二碁卜，蓋今靈碁也，法以十二子，分上中下擲之，據所得按法驗之，以考吉凶。」

《四庫提要・子部・術數類》云：「《靈棋經》二卷，舊本題漢東方朔撰，或又以爲出自張良，本黃石公所授。……大抵皆術士依託之詞，惟考《隋書・經籍志》，即有《十二靈棊卜經》一卷。」

余嘉錫《辨證》云：「余讀《異苑》，頗疑《靈棋經》即法味所僞託。蓋張良之遇黃石公，事之有無不可知，且黃石所授書，史漢明言乃太公兵法，蓋教之以佐明主取天下之道，故曰讀此則爲帝王師矣。惡取此術數占卜之書，類乎瞽史之所爲者哉。此蓋後人以留侯以智數稱，取大名於世，且有遇黃石之事，遂從而託之。……觀敬叔所記法味得書之事，隱若黃石公復到人間，與之親爲授受者，其怪誕不經如此。而此書乃自法味始傳於世，至六朝而盛行，則其即爲法味所託，蓋可知也。」

據《辨證》所云，則「十二棋卜」當是襄城寺法味道人託張良之名所作，而非出自張良。張良受於黃石公(即圯上老人)者，乃太公兵法也。

歷陽石秀之，倏有一人著平巾袴褶，(〈太山府君〉)

《書鈔》一三三引，「之」下有「以元嘉中」四字。《御覽》七一〇引，「倏」

作「欻」。《說文》:「欻，讀若忽。」葉德輝《說文讀若考》:「此倏忽之忽本字。」《玉篇》:「欻，忽也。」

語之云：

《御覽》引，「之」作「秀」。

聞君巧侔班匠，

《御覽》、《事類賦注》一四引，「匠」並作「爾」。

太山府君相召。

《書鈔》引，「君」下有「使來」二字。《事類賦注》引，「太」作「泰」。

劉政能造。

《書鈔》引，作「不如劉儒之能」。

數旬而劉殞，

《書鈔》引，「數」上有「後至」二字。《事類賦注》引，「而劉殞」作「政果殞」。

遂以致斃。

《事類賦注》引，「斃」作「薨」。

其中空朽，(〈鱣父廟〉)

《廣記》三一五引，「空朽」作「朽空」。

有估客載生鱣至此，

《廣記》引，「載」作「攜」，「鱣」作「鮔」。

案：鮔，鱓魚屬。《集韻》:「鱓，或作鱣。」

聊放一頭於朽樹中，

《廣記》引，「聊」作「輒」。

以為狡獪。

案：狡獪猶今言玩皮搗亂開玩笑之類，爲六代習語。如《世說上·文學篇》「袁彥伯作名士傳成」條:「我嘗與諸人道江北事，特作狡獪耳。」《宋書·四一·明恭王皇后傳》:「若行此事，官便應作孝子，豈復得出入狡獪?」《南齊書·四二·蕭坦之傳》:「少帝于官中及出後堂雜戲狡獪。」《南史·齊廢帝鬱林王紀》:「與羣小共擲塗賭筑，放鷹走狗，雜狡獪。」以上「狡獪」，不宜釋爲狡黠之意。

咸謂是神，乃依樹起屋，

《廣記》引，上句作「咸神之」，「屋」作「室」。

因遂名䱉父廟。

《廣記》引，作「目爲䱉父廟」。

人有祈請，

《廣記》引，作「有禱請」。

後估客返，見其如此，

《廣記》引，「返」作「復至」，下句作「大笑」二字。

於是遂絕。

《廣記》引，「於是」作「其神」。

陶侃字士行，（〈王子晉〉）

《類聚》七八引，「行」作「衡」。

案：陶侃，晉鄱陽人，後徙家尋陽。字士行。《類聚》作「衡」，誤也。

晉太元末，湘東姚祖為郡吏，（〈鳥迹書〉）

《初學記》五、《事文類聚前集》一三、《古今合璧事類》五引，並作「湘東姚祖，太元中爲郡吏」。

望巖下有數年少，

《初學記》引，「巖」作「嵒」。《六帖》五、《事文類聚前集》引，並作「岩」。

祖謂是行侶休息，

《初學記》、《事文類聚前集》、《古今合璧事類》引，「侶」並作「旅」。核以上下文義，以作「旅」字爲宜，今本誤爲「侶」字，當據改。

前數句古時字，自後皆鳥跡（一作篆）。

《事文類聚前集》引，「時」作「詩」。

東陽徐公居在長山下，（〈徐公遇仙）

《書鈔》一四八引，「居」下有「家」字。

公索之，二人乃與一小杯，公飲之遂醉，後常不食亦不饑。

《書鈔》引，作「徐公醉臥其邊，比醒不復見之也。」與今本微有異。

遙望岫裏有二老翁相對樗蒲，(〈摴蒱仙〉)

《四庫》本、《學津》本，「樗蒲」並作「摴蒱」。《書鈔》一二六引，無「翁」字。《御覽》三五八、七五四引，「翁」作「公」。

案：樗蒲，亦作「樗蒱」、「摴蒲」、「摴蒱」。乃古博戲。《樗蒲經》：「古斲木爲子，一具凡五子，故名五木。後世轉而用石、用玉、用象牙、用骨。」又《類聚》七四引《博物志》云：「摴蒲者，老子作之用卜，今人擲之爲戲。」

遂下馬造焉，

《書鈔》引，「遂」作「乃」。《御覽》三五八引，「馬」作「騎」。

以策注地而觀之。

《書鈔》、《類聚》七四、《初學記》二二、《御覽》七五四、《類說》六〇、《事文類聚前集》四三、《古今合璧事類》五七引，「注」作「拄」。《御覽》三五八引，作「柱」。又《書鈔》引，「策」作「鞭」。

案：《集韻》：「拄，掌也。」《正韻》：「柱，掌也，支也。」《釋文》：「柱，本或作拄。」則知「拄」、「柱」二字同義。《說文》：「注，灌也。」又云：「策，馬箠也。」馬箠（即馬鞭）何能注地，當爲「拄地」方是，今本誤「拄」爲「注」，乃形似而訛，當據正。

自謂俄頃，視其馬鞭，摧然已爛；顧瞻其馬，鞍骸枯朽。

《六帖》三三引，作「俄然，馬鞭爛，馬鞍朽也。」《類聚》、《御覽》引，「摧」並作「漼」。《說文通訓定聲》：「漼，叚借爲摧。」《書鈔》引，「鞍骸」作「骸骨」。《御覽》三五八引，「鞍」下有「體」字。《御覽》七五四引，作「鞍亦枯朽」。

既還至家，無復親屬，

《御覽》七五四引，無「至家」二字，「屬」作「識」。

案：《事文類聚前集》、《海錄碎事》一三上、《古今合璧事類》引此條，末尾皆云「與樵人爛柯事相類」。「樵人爛柯」何指？任昉《述異記》上(《龍威秘書》本)云：「信安郡石室山，晉時王質伐木，至見童子數人，棊而歌，質因聽之，童子以一物與質，如棗核，質含之不覺饑。俄頃，童子謂曰：『何不去。』質起，視斧柯盡爛。既歸，無復時人。」《寰宇記》八○引《九州要記》云：「山（指石室山）在汶江之北，昔樵人王質入山，見二仙人圍棋，乃坐斧而觀，二仙棋罷，質亦起，見斧柯既爛，方悟是二仙人。」所云與《述異記》微有異同。又《寰宇記》一五九引《郡國志》云：「昔有道士王質，負斧入山，採桐爲琴，遇赤松與安期先生碁，而斧柯爛。」則王質由樵人而至道士，所遇二仙亦有名姓矣。

陳思王曹植字子建，嘗登魚山，臨東阿，（〈梵唱〉）

《殷芸小說》（續談助四）引，於此三句前，尙有「中華佛法雖始于漢明帝，然經偈故是胡音。」二句。又「魚」作「漁」。

案：《漢書》二九〈溝洫志〉：「上（指武帝）既臨河決，悼功之不成，迺作〈瓠子歌〉曰：『吾山平兮鉅野溢，魚弗鬱兮柏冬日。』注云：「吾山即魚山也。」《史記・二九・河渠書・瓠子歌》：「吾山平兮鉅野溢」，注云：「徐廣曰，東郡東阿有魚山。」又《水經・濟水注》：「又東北流逕魚山南，山即吾山也。」《寰宇記》一三「東阿縣」下亦云：「魚山一名吾山。」魚山在今山東省東阿縣西。

忽聞巖岫裏有誦經聲，

《殷芸小說》引，無「忽」字，「巖」作「嵒」。

案：《字彙》：「嵒，同喦。」《釋文》：「喦，本又作巖。」《正字通》：「岩，俗喦字。巖，俗省作岩。」是「巖」、「岩」、「嵒」、「喦」四字，音義皆同。

清通深亮，

《御覽》三八八引，「通」作「道」。《殷芸小說》引，作「清婉遒亮」。

遠谷流響，肅然有靈氣，

《殷芸小說》引，「有」字在「谷」字下，作「遠谷有流響，肅然靈氣」。

不覺斂衿祗敬，

《殷芸小說》引，「衿」作「襟」。《釋文》：「衿，本亦作襟。」

便有終焉之志，

案：《三國志》一九〈陳思王傳〉：「初植登魚山，臨東阿，喟然有終焉之心，遂營爲墓。」《寰宇記》一三亦云：「魏陳思王曹植，嘗登此山（指魚山)，有終焉之志，遂葬其西，亦其所封國也，周迴十二里。」

即效而則之。今之梵唱，皆植依擬所造。

《殷芸小說》引，作「諸曹解音，以爲妙唱之極，即善則之，今梵唄皆植依擬所造也，植亡乃葬此土。」

案：梵唱即梵唄也。《書言故事·釋教類》:「曹子建遊魚山，忽聞空中梵天之音，清響哀惋，獨聽良久，乃舉其節，寫爲梵唄，自此始也。」

乃騰躍上升，有頃，風雲飈燁，(〈慧遠呪龍〉)

《珠林》七引，「乃」作「仍」，「升」作「昇」，無「雲」字。

巖棲谷隱，常在鍾山之阿，(〈靈味〉)

《珠林》五二引，「棲」作「栖」，「隱」作「飲」，「阿」作「河」。「栖」與「棲」通。

武陵宗超之奉經好道，(〈雙屐〉)

《書鈔》一三六引，「陵」下有「阮南」二字，「奉」下有「玄」字。

宋元嘉中亡，將葢，猶未闔棺，

《書鈔》引，無「宋」字，亦無「猶未闔棺」四字。

其從兄簡之來會葢，

《書鈔》引，「會葢」作「相料」。

啟蓋視之，但見雙屐在棺中云。

《書鈔》引，作「忽失所在，因復更觀小箱，見屐在其中，不覺屐大不屐道小也。」所引末五字必有脫誤。

元嘉中，丹陽多寶寺畫佛堂作金剛，(〈惡戲報〉)

《御覽》七四〇引、「元嘉中」三字在「寺」字下。

五色綵衣，

《御覽》引，無「色」字。

汲郡衛士度，(〈天鉢〉)

《書鈔》一四四、《珠林》四九、《御覽》七五九引，「汲郡」並作「司州」。

正落母前，乃是天鉢，中滿香飰，

《珠林》、《御覽》引，並作「既落其前，乃是大鉢，滿中香飯」。「飯」與「飰」同。

一時禮敬，母自分行齋，

《珠林》引，「禮敬」作「敬禮」，「行」作「賦」。

卷　六

晉宣帝誅王陵，後寢疾，日見陵來逼，帝呼曰：「彥雲緩我！」（〈王陵〉）

《四庫》本，「陵」作「淩」。《御覽》九五引，無「來」字。

案：當作「王淩」。淩，三國魏人，允之從子，字彥雲。王陵乃漢沛人，非一人也。今本誤「淩」為「陵」，當據正。

初陵既被執，過賈逵廟，呼曰：「賈梁道！王陵魏之忠臣，唯爾有神知之。」故逵助焉。

《御覽》九五引，末句下復有「及永嘉之亂，有覶見帝涕泗，云家國傾覆，是曹爽夏侯玄訴怨得伸故也。爽以勢族致誅，玄以時望被戮。」（《御覽》八八四引，無最後兩句，餘同）賈逵，三國魏襄陵人，字梁道。

案：《珠林》九四引《冤魂志》，亦載此事，云：「魏司馬宣王功業日隆，又誅魏大將軍曹爽，纂奪之迹稍彰。王陵時為楊州刺史，以魏帝制於強臣，不堪為主。楚王彪年長而有才，欲迎立。兗州刺史華以陵陰謀白宣王，宣王自將中軍討陵，掩然卒至。陵自知勢窮，乃單船出迎宣王。宣王送陵還京師。陵至項城（原誤作傾），過賈逵廟側，陵呼曰：『賈梁道！吾固盡心於魏之社稷，唯爾有神知之。』陵遂飲藥死，三族皆誅。其年宣王有疾，白日見陵來，并賈逵為祟，因呼字曰：『彥雲緩我！』宣王身亦有打處，少日遂薨。」又《三國志》二八〈魏志・王淩傳〉裴松之注：干寶《晉紀》曰：「淩到項，見賈逵祠在水側，淩呼曰：『賈梁道！王淩固忠於魏之社稷者，惟爾有神知之！』其年八月，太傅有疾，夢淩逵為癘，甚惡之，遂薨。」盧弼集解：《水經・潁水注》：「谷水經小城北又東逕魏豫州刺史賈逵祠北。王隱言祠在城北，非也。廟在小城東，昔王淩為司馬懿所執，屆廟而歎曰：『賈梁道！王陵（當作淩）魏之忠臣，惟汝有靈知之！』遂仰鴆而死。」《晉書・宣帝紀》：「嘉平三年六月，帝寢疾，夢賈逵王淩為祟，甚惡之。秋八月，崩於京師。」

晉夏侯玄，字太初，以當時才望，為司馬景王所忌而殺之。（〈夏侯元〉）

《古今說部叢書》本、《四庫》本、《說庫》本，「玄」作「玄」。《學津》

本，「玄」作「元」。夏侯玄，三國魏譙人，字太初。《御覽》八八四、《廣記》三一七引，「忌而殺之」並作「誅」字。

宗族為之設祭，

《御覽》、《廣記》引，「族」並作「人」。

見玄來靈坐上，

《廣記》引，「坐」作「座」，無「上」字。

脫頭置其傍，

《御覽》引，「置其傍」作「於膝」。《廣記》引，作「於邊」。

悉取果食魚肉之屬，

《御覽》引，「果食魚肉」作「食物酒截」。《廣記》引此句，作「悉斂果魚酒肉之屬」。

以內頸中，

《御覽》引，「頸」作「頭」。

吾得訴于上帝矣，

《御覽》、《廣記》引，「訴」並作「請」。

尋有永嘉之亂，

《廣記》引，「亂」作「役」。

晉嵇中散常於夜中燈火下彈琴，(〈嵇中散〉)

案：嵇中散，嵇康也，竹林七賢之一。「嵇」本作「嵆」。嵆康，三國魏銍人，字叔夜。本姓奚，後家由會稽遷於銍嵆山之下，因改姓嵆氏。曾拜爲中散大夫，故人稱「嵇中散」。曾云「余少好音聲，長而翫之。以爲物有盛衰，而此無變；滋味有猒，而此不勌，可以導養神氣，宣和情志，處窮獨而不悶者，莫近於音聲也(〈琴賦序〉)。又云「抱琴行吟，弋釣草野」，「濁酒一盃，彈琴一曲」(〈與山巨源絕書〉)，則知「彈琴」乃嵆康生活重心之一。《事物紀原》云：「或曰，嵆琴，嵆康所製，故名嵆琴。雖出于傳誦，而理或然也。」

顏色甚黑，單衣草帶，

《御覽》五七七引《語林》、《廣記》三一七引《靈鬼志》，作「著黑單衣，革帶」。

嵇熟視良久，乃吹火滅曰：「耻與魑魅爭光。」

《類聚》四四、《御覽》五七七、《古今合璧事類》五四並引《語林》，「熟視良久」作「視之既熟」。又《古今合璧事類》引，「火」作「燈」，「魑魅」作「鬼魅」。

案：《廣記》三一七引《靈鬼志》，下復有「嘗行，去路（《御覽》五七九引《靈異志》作洛）數十里，有亭名月華（《御覽》引作華陽），投此亭，由來殺人，中散心神蕭散，了無懼意。至一更操琴，先作諸弄，雅聲逸奏，空中稱善，中散撫琴而呼之：『君是何人？』答云：『身是故人，幽沒於此，聞君彈琴，音曲清和，昔所好，故來聽耳。身不幸非理就終，形體殘毀，不宜接見君子，然愛君之琴，要當相見，君勿怪惡之，君可更作數曲。』中散復為撫琴擊節曰：『夜已久，何不來也？形骸之間，復何足計。』乃手挈其頭曰：『聞君奏琴，不覺心開神悟，怳若蹔生。』遂與共論音聲之趣，辭甚清辯，謂中散曰：『君試以琴見與。』乃彈廣陵散，便從受之，果悉得，中散先所受引，殊不及，與中散誓，不得教人。天明，語中散：『相與雖一遇於今夕，可以遠同千載，於此長絕，不勝悵然。』」又《御覽》六四四引《語林》：「嵇中散夜彈琴，忽有一鬼着械來，歎其手快曰：『君一絃不調。』中散與琴調之，聲更清婉。問姓名，不對，疑是蔡伯喈，伯喈將亡，亦被桎梏。」則嵇康「廣陵散」，殆蔡邕所受歟？《晉書・嵇康傳》云：「初，康嘗遊于洛西，暮宿華陽亭引琴而彈，夜分忽有客詣之，稱是古人，與康共談音律，辭致清辯，因索琴彈之，而為廣陵散，聲調絕倫，遂以授康，仍誓不傳人，亦不言其姓字。」《廣記》、《晉書》皆云「廣陵散不得傳人」，故中散將刑東市，顧視日影，索琴彈之曰：「廣陵散於今絕矣。」然觀《廣記》三二四引《幽明錄》云：「會稽賀思令，善彈琴，嘗夜在月中坐，臨風撫奏。忽有一人，形器甚偉，著械有慘色，至其中庭，稱善，便與共語。自云是嵇中散，謂賀云，卿下手極快，但于古法未合，因授以廣陵散。賀因得之，於今不絕。」則廣陵散似又為中散鬼魂授與賀思令，而至今不絕也。

自稱甄舒仲，（〈土瓦中人〉）

《御覽》七六七引《靈鬼志》，「甄舒仲」作「舒甄仲」。《廣記》二七六引《晉書》，作「甄仲舒」。

予舍西土瓦中人也。

《廣記》引，「土瓦」作「瓦土」。

檢之果然，乃厚加殯殮，畢，夢此人來謝。

《御覽》引，作「便往令人將鏵掘之，果於瓦器中得桐人，長尺餘。」與今本微異。

時夕結陰，(〈山陽王輔嗣〉)

《類聚》七九、《御覽》八八四引，作「時夕」。《廣記》三一八引，作「時陰晦」。

因往投宿，

《類聚》、《御覽》引，「投」並作「逗」。

神姿端遠，

《類聚》、《御覽》引，「遠」並作「達」。

置易投壺，與機言論，妙得玄微，

《類聚》、《御覽》引，作「與機言玄門妙物」。

機心服其能，

《類聚》、《御覽》、《廣記》引，「服」並作「伏」。

無以酧抗，

《類聚》引，「酧」作「詶」。《御覽》、《廣記》引，並作「酬」。

案：《說文通訓定聲》：「詶，叚借爲酬。」是「詶」與「酬」通。又《正字通》：「酧，俗酬字。」而「酧」、「酹」二字形體相近。今本誤「酬」爲「酹」，蓋形似而訛，當據正。

此年少不甚欣解，

《類聚》引，「甚」作「堪」。

此東數十里無村落，

《廣記》引，「數十里」作「十數里」。

止有山陽王家冢爾。

《類聚》、《御覽》引，「冢」並作「墓」。又《類聚》、《御覽》、《廣記》引，「爾」並作「耳」。

披荒入舍，(〈朱彥膽勇〉)

《廣記》三一八引，「入」作「立」。

呼殺其犬。

《廣記》引，「呼」作「吹」，「犬」作「火」。

劉聰建元三年，并州祭酒桓回，於途遇一老父。(〈厤子軒〉)

《廣記》三一八引，「劉聰建元三年」在「回」字下。

昔樂工成憑，今居何職？

《廣記》引，「昔」作「有」，無「居」字。

祀於通衢之下。

《廣記》引，「下」作「上」。

晉太元中，桓軌為巴東太守，(〈形見慰母〉)

《廣記》三一八引，「元」作「原」，「軌」作「軏」。又「太元中」三字在「軌」字下。

晉潁川荀澤，以太元中亡，(〈荀澤見形〉)

《書鈔》一四六引，「荀」作「庚」，「中」作「間」。

遂有娠焉。

《廣記》三一八引，「娠」作「娠」。「娠」與「妊」同，《廣雅・釋言》：「妊，娠也。」是「娠」、「娠」二字同義。

汝知喪家不當作醬，

《廣記》引，「汝」作「我」。

今上官責我數豆，致劬不復堪。

《廣記》引，「豆」下有「粒」字，「致」下有「令」字。

後一年，(〈亡婦兔夫〉)

《珠林》八二引，作「後亡」。

忽見婦云：

《珠林》引，無「婦」字。《廣記》三二五引，「婦」作「妻」。

我當相免也。

《珠林》引，「免」作「勉」。

跳踉向猛，

《廣記》引，「踉」作「梁」。

猛婦舉手指撝，

《四庫》本，「撝」作「揮」。《珠林》引，「撝」作「虎」。

狀如遮護，

《珠林》引，「如」作「而」。

須臾有一胡人，

《珠林》，《廣記》引，「一」並作「二」。

壻乃得免，

《珠林》引，作「壻得免也」。《廣記》引，作「壻得無他」。

晉新野庾紹之，字道遐。（〈庾紹之見形〉）

《鉤沉》本《冥祥記》，「道遐」作「道覆」。

協問鬼神之事，紹輒漫畧，不甚諧對。

《鉤沉》本《冥祥記》，下尚有「唯云：『宜勤精進，不可殺生；若不能都斷，可勿宰羊，食肉之時，無噉物心。』協云：『五臟與肉，乃復異耶？』答曰：『心者，善神之宅也，其罪尤重。』」諸句，當據補。

貌極艷麗，（〈山陰徐琦〉）

《琳琅秘室》本《幽明錄》，作「姿色甚美」。《書鈔》一三五、一三六引《幽明錄》，「貌」作「皃」。「貌」與「皃」同。

琦便解銀鈐贈之。

《四庫》本，「鈐」作「鈴」。《琳琅秘室》本《幽明錄》，「解」下有「臂上」二字，「鈐」亦作「鈴」。

感君佳貺，

《書鈔》一三五、一三六引，「佳」作「來」。

便結為伉儷，

《書鈔》一三五引，「便」下有「爾」字。

晉義熙中，烏傷葛輝夫，在女家宿，（〈葛輝夫妖死〉）

《御覽》八八五、《廣記》四七三引《搜神記》（當作《搜神後記》，見卷八「火變蝴蝶」條），「義熙中」三字在「夫」字下，「女」作「婦」。又《御覽》九四五引《廣記》《五行記》，「女」作「妻」。

竟有兩人把火至階前，

《御覽》八八五引，「火」下有「炬」字。又九四五引，「至」上有「逕」字。

疑是凶人，

《御覽》九四五引，「凶」作「惡」。

繽紛飛散，

《御覽》八八五、九四五引，「繽」作「蠙」。

忽有一物衝輝夫腋下，

《廣記》引，無「一物」二字。

義熙中，高平擅茂崇喪亡，（〈團扇夢別〉）

《御覽》三九九、七〇二引，「義熙中」三字在「崇」字下。又《御覽》七〇二引，「崇」作「宗」。

夢見崇手執團扇，

《御覽》三九九引，「執」作「捉」。

横被灾厲，上永違離，

《御覽》三九九引，「灾」作「災」，「上」作「方」。

案：「灾」乃「災」之或體字。

果於屏風間得扇，

《御覽》三九九引，「間」作「門」。

義熙中，長山唐邦聞扣門聲，（〈朱衣吏濫取〉）

《廣記》三二二引，作「恒山唐邦，義熙中，聞扣門者」。

案：「恒」乃「恆」之俗字，恆山，北嶽也，爲避西漢文帝諱（文帝名恆），一名常山。今本作「長山」，疑爲「常山」之誤。

遂將至縣東崗殷安塚中。

《廣記》引，「崗」作「堈」，「塚」作「冢」。

晉太元中，吳興許（一作沈）**寂之，**（〈許氏鬼祟〉）

《書鈔》一三六引，「太元中」三字在「之」字下。《廣記》三二三引，作「吳興沈寂之，以元嘉中」。

案：太元，東晉孝武帝司馬昌明之年號；元嘉，南朝宋文帝劉義隆之年號。

忽有鬼於空中語笑，

《廣記》引，「於」作「于」。「于」、「於」古通。

有大鏡亦攝以納器中。

《書鈔》引，「納」作「內」，「中」作「裏」。

案：明李時珍《本草綱目》八：「鏡乃金水之精，內明外暗，古鏡如古劍，若有神明，故能辟邪魅忤惡，凡人家宜懸大鏡，可辟邪魅。」則知寶鏡爲辟邪之物，鬼怪所懼，故六朝傳說有鬼怪攝鏡，免被照見之說，敬叔載寂之家鬼，攝鏡納於器中，可證晉時民俗已流傳有類似傳聞。

晉元興中，東陽太守朱牙之，（〈牀下老公〉）

《廣記》四七四引，「元興中」三字在「之」字下。

牙之兒疾瘧，

《廣記》引，「疾」作「病」。

持戟向山，果得虎陰，尚餘煖氣，

《廣記》引，「果」作「東」，且屬上讀。又「煖」作「暖」。「煖」與「暖」通。

瘧即斷絕。

《廣記》引，無「絕」字。

髮如野猪毛，

《廣記》引，無「毛」字。

計此乃牙之家鬼。

《廣記》引，「乃」作「即」，無「之」字。

沛郡人秦樹者，（〈秦樹冥緣〉）

《御覽》七一八引《甄異傳》，「樹」作「拊」。

嘗目京歸，

《御覽》引，首有「義熙中」三字。又《古今說部叢書》本、《四庫》本、《學津》本、《說庫》本，「目」並作「自」（《廣記》三二四引《甄異錄》同），今本誤作「目」，當據改。

往投之宿，

《廣記》引，無「宿」字。

何似過嫌，保無虞，

《廣記》引，「似」作「以」，「虞」作「慮」。

承未出適，

《古今說部叢書》本、《說庫》本，「承」並作「卿」。

廼俱起執別，

《廣記》引，「廼」作「乃」。

後面無期，

《廣記》引，「無」作「莫」。

在姑孰（一作蘇），（〈靈侯〉）

《御覽》五八三引，「孰」作「熟」。《廣記》三二二引《靈鬼志》，作「義熙初，隨眾來姑熟」。

時郄倚為長史，

《廣記》引，「爲」下有「府」字。

名曰靈侯，

《廣記》引，「靈」作「鬼」。

言暫借避雨，（〈户外應聲〉）

《御覽》八二六引，「暫借」作「蹔寄」。

宜就覔之，

《御覽》引，作「自執覔」。

吳興袁乞妻臨終，（〈妬鬼〉）

《類聚》三五引，「袁」作「桑」。《廣記》三二二引，「終」作「亡」。

執乞手云：「我死，君再婚否？」

《類聚》引，「君再婚否」作「爲當婚否」。《廣記》引，「執」作「把」。

乞言：「不忍也。」

《廣記》引，「言」作「曰」。

既而服竟更娶。

《廣記》引，作「後遂更娶」。

云何負言。

《廣記》引，「云何」作「何爲」。

因以刀割其陽道，

《廣記》引，「陽道」作「陰」。

人性永廢。

《廣記》引，「性」作「理」。

案：人生在世，不免爲妻兒操心，而即使做了鬼，對家人依舊掛懷。此條描述袁乞妻不願丈夫在自己死後再婚，沒想到死後丈夫就續絃，一怒之下就用刀把他的生殖器割去，使他不能人道，原來鬼也這般的愛吃醋。李時珍《本草綱目》五二引《博物志》：「取婦人月水布，裹蝦蟆，於厠前一尺入地埋之，令婦不妒。」此法不知是否人鬼通用？

臨川聶包死數年，忽詣南豐相沈道襲作歌，（〈花上盈盈〉）

《書鈔》一〇六引，「死」下有「經」字，又「襲作歌」作「共其飲啖」。

每歌輒作「花上盈盈正聞行，當歸不聞死復生」

《初學記》一五引，上一「聞」字作「開」。

案：核以上下文義，作「開」方是，今本誤「開」爲「聞」，恐因下一聞字而衍。

嘗頻亡二男，（〈亡兒慰母〉）

《幽明錄》，「頻」作「頓」。

悼惜甚過，哭泣累年，

《幽明錄》，作「痛惜過甚，銜淚六年」。

皆若鎖械，

《幽明錄》，作「並著械」。

宜自寬割，兒並有罪，

《幽明錄》，上句作「可自割」，又「罪」下有「謫」字。

於是哀痛稍止，而勤功德。

《幽明錄》，作「于是得止哀，而勤爲求請」。

瑯琊王騁之妻，（〈鬼作瞋聲〉）

《珠林》四二引，「琊」作「瑘」。

既窆反虞，輿靈入屋，

《珠林》引，「窆反」作「空及」，又「輿」作「與」。

本自胡人，（〈打鼓稱冤〉）

顏之推《還冤志》（寶顏堂本），「自」作「是」。

有八尺毾㲪，

《古今說部叢書》本、《說庫》本，「毾」作「歙」。《書鈔》一三四引，「毾」作「髭」。

案：「髭」字是也。《字彙補》：「毾，髭字之譌。」《一切經音義》二：「織毛褥，細者謂之髭㲪。」今本誤「髭」爲「毾」，蓋因形似而訛，當據正。

光彩耀目，

《還冤志》，「目」作「日」。

作百種形象。

《御覽》七〇八引，「象」作「像」。

居常香馥，

《還冤志》，「香」作「芬」。

王因狀法存豪縱，

《還冤志》，作「王談囚存亮」（亮字疑衍）。

如此經日，王尋得病，恒見法存守之，

《古今說部叢書》本、《說庫》本，「病」作「疾」，「恒」作「晝」。又《還冤志》，「日」作「旬月」，「尋」作「談」。

邵之比至揚都亦喪。

《還冤志》，「亦喪」作「又死」。

其婦來喜聞體有鞭痕而脚著鎖，(〈司馬家奴〉)

《古今說部叢書》本、《說庫》本，「聞」並作「見」。

永初中，張驥於都喪亡，(〈鬼食粔籹〉)

《御覽》八六〇引，「永初中」三字在「驥」字下。

以箸刺粔籹食之。

《御覽》引，「箸」作「著」。

案：「粔籹」或作「麮粱」。《事物異名錄》：「《齊民要術》，粔籹名環餅，象環釧形，《廣雅》謂之粰梳，今通名饊子。」

元嘉二十年，王懷之丁母憂，(〈麝香辟惡〉)

《廣記》三二五引，「元嘉二十年」在「之」字下。

身披白羅裙，

《廣記》引，「披」作「服」，「羅」作「襬」。

案：《廣韻》：「襬，婦人衣。」則「襬裙」指衣和裙，皆爲名詞；而「羅裙」之「羅」爲形容詞，意指綺帛所作之裙。

面乃變作向樹杪鬼狀，

《廣記》引，「乃」作「仍」。

元嘉中，潁川宋寂，(〈鬼作五木〉)

《御覽》七五四引，「元嘉中」三字在「寂」字下，又「宋」作「陳」。

元嘉十二年，長山郭悖病亡，(〈七日假〉)

《御覽》七六四引，「元嘉十二年」在「悖」字下。

後孫兒見悖著幘布裙在靈牀上，

《四庫》本、「孫兒」作「兒孫」。《御覽》引，「幘」作「帽」，「牀」作「床」。

假滿將去，

《御覽》引，「將」作「便」。

二小鬼捉襆在門，

《古今說部叢書》本、《四庫》本、《學津》本、《說庫》本，「襆」並作「樸」。《御覽》引，「鬼」作「兒」，「襆」作「僕」。

仍以兩鐵拑加蒼蒼作聲，

《御覽》引，「拑」作「相」，「蒼蒼」作「鎗鎗」。

黃州治下有黃父（一作文）**鬼**，（〈黃父鬼〉）

《御覽》八八四引，「黃州」作「廣州」。

案：《神異經・東南荒經》云：「東南方有人焉，周行天下，身長七丈，腹圍如其長。頭戴雞父魌頭，朱衣縞帶，以赤蛇繞額，尾合於頭。不飲不食，朝吞惡鬼三千，暮吞三百；此人以鬼爲飯，以露爲漿，名曰『尺郭』，一名『食邪』，道師云：『吞邪鬼』，一名『赤黃父』，今世有『黃父鬼』。」又下則「山靈」中云：「忽有一人自稱山靈，如人裸身，形長丈餘，胸臂皆有黃色，膚貌端潔，言音周正，呼爲『黃父鬼』」。此「黃父鬼」、「山靈」，皆「山精」之類。

所著衣袷皆黃，

《御覽》引，「袷」作「帽」。

必得疫癘，

《御覽》引，「癘」作「狀」。

廬陵人郭慶之有家生婢，（〈山靈〉）

《古今說部叢書》本、《說庫》本，「有家生婢」作「家有婢」。

胸臂皆有黃色，

《廣記》三二五引《述異說》，「胸臂」作「臂腦」。

或為小鬼，

《廣記》引，作「或作小兒」。

或如鳥獸足跡，或如人長二尺許，

《廣記》引，作「或如鳥如獸，足跡如人，長二尺許」。

元嘉十四年，徐道饒忽見一鬼，（〈鬼避徐叔寶〉）

《廣記》三二三引，作「徐道饒，以元嘉十年，忽見一鬼」。

汝明日可曝穀，

《廣記》引，「穀」作「穀」。

懸著窻中，

《廣記》引，「中」作「戶」。

後日果至，

《廣記》引，「後」作「后」。

安定梁清字道脩，（〈梁清家諸異〉）

《四庫》本、《學津》本，「脩」並作「修」（《珠林》四二引同）。

居揚州右尚方間桓徐州故宅，

《廣記》三二四引，「間」作「閒」。

數有異光，

《珠林》引，「光」作「炗」。

案：「光」本作「炗」。《說文》：「炗，明也，从火在儿上，光明意也。」

仍聞擘蘿聲，

《珠林》引，「蘿」作「籬」。《廣記》引，「擘蘿」作「擗籮」。《集韻》：「擘，或書作擗。」

從太微紫宮下來過舊居，乃留不去，

《廣記》引，「紫宮下」作「紫室仙人」。又《珠林》、《廣記》引，「乃」並作「仍」。

或鳥頭人身，舉面是毛。

《珠林》引，「身」作「躬」，「舉面是毛」作「舉視眼摶」。《廣記》引，「頭」作「首」。

並有絳汁染箭。

《廣記》引，「汁」作「汙」。

形如猴，懸在樹標，

《珠林》引，「猴」作「猿」。《廣記》引，作「彷彿如人行樹摽」。

頓造二升，經日眾鬼羣至，

《珠林》引，「造」作「進」。又《珠林》、《廣記》引，「經」並作「數」。

松羅牀帳，

《廣記》引，作「拉攞牀障」。

乃呼外國道人波羅氎誦呪文，見諸鬼怖懼，

《四庫》本，「呪」作「咒」（《珠林》引同）。又《珠林》引，「懼」作「懅」。

人眾數十，一人戴幘送書粗紙，

《珠林》引，「十」作「萬」。又《珠林》、《廣記》引，「粗」並作「麤」。

《集韻》：「粗，通作麤」。

又歌云：「坐儂孔雀樓，遙聞鳳凰鼓。下找鄒山頭，彷彿見梁魯。」

《珠林》引，「坐儂」作「登阿儂」，「彷彿」作「髣髴」。

案：「彷彿」，正字當作「仿佛」，或作「髣髴」，《說文》無彷彿字，今人多作「彷彿」，乃俗譌也。

自名大摩剎，

《廣記》引，「剎」作「殺」。

清有婢產，於此遂絕。

《珠林》引，「絕」作「斷」。《廣記》引，「此」作「是」。

平惡而斫殺，（〈青桐樹〉）

《古今合璧事類》五三引，「斫殺」作「伐之」。

平隨軍北征，

《類聚》八八、《古今合璧事類》引，「征」並作「虜」。

又聞樹巔空中歌曰：「

《類聚》引，「聞」下有「聲」字。

死桐今更青，吳平尋當歸。適聞殺此樹，已復有光輝。」

《類聚》、《御覽》九五六、《古今合璧事類》引，「死桐」並作「死樹」。疑涉下一「樹」字而衍。

平尋復歸如見。

《古今說部叢書》本、《說庫》本,「如見」作「如鬼謠」。又《類聚》、《御覽》引,「如見」亦作「如鬼謠」。

卷　七

是西胡康渠王所獻，(〈武帝冢中物〉)

《廣記》二二九引，無「康」字。

魏武北征蹋頓，(〈礜石冢〉)

《御覽》五五九、九八四引，「蹋」作「蹹」。

案：蹋頓，人名，漢末烏桓王丘力居之從子。

升嶺眺矚，

《類聚》四○引，「矚」作「望」。

此人在世服生礜石，

《學津》本，「礜」作「礐」。《類聚》、《御覽》、《廣記》三八九引，「礜」並作「礐」。

案：《說文》：「礐，毒石也，出漢中。」段注：「《周禮》注曰：今醫方有五毒之藥，作之合黃堥，置石膽、丹沙、雄黃、礐石、慈石其中，燒之，三日三夜，其煙上箸以雞羽埽取之，以注創，惡肉破骨則盡出。」《集韻》：「礜，藥石也。」《本草》礜石：「集解別錄曰：礜石生河西山谷及隴西武都石門，采無時，能使鐵爲銅。」

死而石氣蒸出外，

《類聚》八一、《御覽》五五九引，「氣」並作「生熱」。

故卉木焦滅。

《類聚》、《御覽》五九九引，「故」作「致」，「焦」作「燋」。《釋文》：「焦，字又作燋。」

即令鑿看，

續談助四《殷芸小說》引，「即」作「遽」。

畏得大墓，

胡本、《古今說部叢書》本、《四庫》本、《學津》本、《說庫》本，「畏」並作「果」。又《類聚》、《御覽》、《廣記》引，亦作「果」字。

案：今本誤「果」為「畏」，蓋形似而訛，當據正。

仲宣愽識強記，皆此類也。

《四庫》本，「愽」作「博」（《類聚》八一引同）。《御覽》九八四引，「此類」作「類此」。

案：王粲，三國魏高平人，字仲宣，為人博學多識，文詞敏贍，為建安七子之一。《三國志》二一〈魏志・王粲傳〉：「初粲與人共行，讀道邊碑，人問曰：『卿能闇誦乎？』曰：『能。』因使背而誦之，不失一字。觀人圍棊，局壞，粲為覆之，棊者不信，以帊蓋局，使更以他局為之，用相比校，不誤一道。其強記默識如此。」

從劉表登障山，

《御覽》九八四、《廣記》引，「障」並作「鄣」。

魏武之平烏桓，

《類聚》八一引，「桓」作「丸」。《廣記》引，「魏」作「曹」。

剡縣陳務妻，（〈茗飲獲報〉）

《御覽》八三六引，「務」作「婺」。又《御覽》八六七引，「務」作「矜」。

少與二子寡居，

《類聚》八二、《御覽》八三六引，作「少寡，與二兒為居」。

先輒祀之。

《類聚》、《御覽》八三六引，作「輒先以著墳上」。

古塚何知？徒以勞祀，欲掘去之，母苦禁而止。

《類聚》引，「塚」作「墓」，「祀」作「意」，「去」作「除」，「而」作「乃」。又《御覽》八三六引，「古塚」作「枯墓」。

吾止此塚二百餘年，

《類聚》、《御覽》引，「二」並作「三」。

卿二子恒欲見毀，

《類聚》、《御覽》八三六引，「卿」並作「賢」。

雖泉壤朽骨，豈忘翳桑之報。

《類聚》、《御覽》八三六引，「泉」作「潛」，「豈」作「敢」。

從是禱酹愈至。

《類聚》、《御覽》八三六引，作「自是設饌愈謹」。

牀前亟掘之，遂見一棺，（〈金鏡助贈〉）

《書鈔》一三五引《幽明錄》，「亟掘」作「掘除」，又「棺」下有一「材」字。

僕巾箱中有金鏡，

《書鈔》引，「僕」字下有「以寒暑衣手」五字。

取金鏡三枚贈從，

《書鈔》引，「取」作「出」，「枚」作「雙」。

案：此贈鏡奇譚，發生時間爲東晉隆安中（397～401），與敬叔（390～468？）時代相近，當是作者據所親聞而記錄。金鏡指銅製之物，六朝古塚多得之，因而有此類傳說。

晉司空郄方回，（〈古墳鼓角〉）

《學津》本，「郄」作「郗」。

塟婦於驪山，

《幽明錄》（《琳琅秘室》本），「驪山」作「禹山」。《書鈔》一二一引《幽明錄》，則作「離山」。

塚發聞鼓角聲。

《幽明錄》（《琳琅秘室》本），此句下復有「自是每如此」五字。《書鈔》引，此句下復有「時郄公自來觀墓，俄而罕然，自是多如此」。

潁川諸葛閭字道明，（〈諸葛閭墓〉）

《書鈔》九四引，「閭」作「闓」。

塚中輒有絃歌之聲。

《書鈔》、《御覽》五五九引，「絃歌之聲」並作「絃管之音」。又《書鈔》引，此句下復有「路人往往聽之」六字。

朱文綉與羅子鍾為友，（〈雞山雉澗〉）

《御覽》九一八、《事類賦注》一八引，「綉」並作「繡」。

其夜亦亡。

《御覽》、《事類賦注》引，「亦」並作「俱」。

綉堊於其中，

《御覽》、《事類賦注》引，「綉堊」作「堊繡」。

案：今本作「綉堊於其中」，則與下文「埋鍾於其內」，不能爲對，作「堊綉於其中」方是，當據正。

往來不絕。

《御覽》引，「往來」作「來往」。

雞山別飛嚮，雉澗和清音。

《四庫》本，「嚮」作「響」（《御覽》、《事類賦注》引同）

墓在樊山間。（〈戴墓王氣〉）

《御覽》八八五、《廣記》三八九引，「間」並作「南」。

宣武仗鉞（一作威）**西下，**

《御覽》引，「武」下有「桓公」二字，「仗鉞」作「伏威」。《廣記》引，「宣武」作「桓溫」。

熙後嗣淪胥殆盡。

《御覽》引，「盡」作「絕」。

海陵如皋縣東城村邊，（〈漆棺老姥〉）

《御覽》三九九引，「皋」作「睪」。

元嘉二十載三月墜于懸巘，

《御覽》引，「嘉」作「熹」，「載」作「年」。

皤頭著袿，

《古今說部叢書》本、《學津》本、《說庫》本，「袿」作「袿」。

案：《釋名‧釋衣服》：「婦人上服曰袿，其下垂者，上廣下狹，如刀圭也。」則作「袿」方是，今本誤爲「袿」，當據正。

不如生人，

《御覽》引，「如」作「殊」。

送堊器物枕履悉存，

《御覽》引，「履」作「屨」。

但我墻屋毀發，形骸飄露，今以值一千，乞為治護也。

《御覽》引，「發」作「廢」，「形骸」作「骸形」、「乞」作「託」。

有人於其中得銅釜及鑵各一。（〈黃公冢〉）

《御覽》一八九引，無「人」字，又「鑵」作「罐」。

案：《集韻》：「罐，汲器，或从金。」則「鑵」與「罐」同。

陰天恒聞有鞞角之聲。

《書鈔》一二一引，無「聞」字，又「聲」作「響」。

不可移動，（〈即墨古冢〉）

《御覽》八一一引，作「不動」二字。

犯之則大禍。

《御覽》引，「禍」作「垧」。

君當為大郡守而不能善終，（〈夢得大象〉）

《類聚》九五、《御覽》八九〇引，並無「終」字。

敦遣沈充殺之，而取其郡。

《御覽》、《廣記》二七六引，「殺」並作「滅」，又俱無「而取其郡」四字。

鄧艾廟在京口新城，（〈鄧廟〉）

《廣記》二七六引，作「京口新城有鄧艾廟」。

案：鄧艾，三國魏棘陽人，字士載。《寰宇記》八四引《土地志》云：「鄧艾以伐蜀之勳歷艱難，後人敬之，故廟存焉。」又《寰宇記》八七引《華陽國志》云：「艾征涪陵，見巨猿緣其山，艾性好拏，手自射之中猿，猿之子拔去箭，卷木葉塞其瘡。艾嘆曰：『吾傷物之性，其將死矣。』見此山美之，後遂葬焉。」

有一草屋，

《廣記》三一八引《幽明錄》，「有」上有一「止」字。

晉安北將軍司馬恬，

《廣記》引，作「晉譙王司馬恬爲都督。」

夢見一老翁曰：「我鄧公也，屋舍傾壞，君為治之。」

《廣記》引，作「夢一人自稱鄧公，求治舍宇」。

後訪之，乃知鄧廟，為立瓦屋。

《廣記》引，作「恬乃令與修造之」。

案：《廣記》三一八引《幽明錄》，下復有「隆安中，有人與女子會於神座上，有一蛇來，繞之數四匝，女家追尋見之，以酒脯禱祠，然後得解。」諸句。

陶侃夢生八翼，飛翔冲天，（〈夢生八翼〉）

《御覽》二、《事類賦注》一引，並無「生八翼」三字。

閽者以杖擊之，因墮地折其左翼，驚悟，左腋猶痛。

《御覽》引，作「一翅致折，驚而墜下，左腋腫痛」。《事類賦注》引，「驚而墜下」作「警而墜下」，餘同《御覽》。此條亦見《晉書・六六・陶侃傳》。

潛有闚擬之志，每憶折翼之祥，

《御覽》、《事類賦注》引，「潛」並作「欲」，「翼」並作「翅」。又《事類賦注》引，「憶」作「思」。

晉溫嶠至牛渚磯，（〈燃犀照渚〉）

《羣書類編故事》三，「至」作「過」。

案：溫嶠，晉祁人，字太眞。又牛渚磯，淵名，在江蘇省南京城南。

傳言下多怪物，乃燃犀角而照之，

《羣書類編故事》，「傳言」作「世云」，無「角」字。《晉書・溫嶠傳》，「燃」作「燬」。

與君幽明道隔，

《晉書・溫嶠傳》，《羣書類編故事》，「隔」並作「別」。

案：《廣記》二九四引《志怪》云：「古今相傳，夜以火照水底，悉見鬼神。溫嶠平蘇峻之難，及於湓口，乃試照焉。果見官寺赫奕，人徒甚盛，又見羣小兒，兩兩爲偶，乘軺車，駕以黃羊，睢盱可惡。溫即夢見神怒曰：『當令君知之。』乃得病也。」與本條稍有異同。

符堅將欲南師也，（〈符堅凶夢〉）

《四庫》本、《學津》本、《說庫》本，「符」並作「苻」（《廣記》二七六引同）。作「苻」字方是，今本誤爲「符」，當據正。又《廣記》引，「師」作「伐」。

夢葵生城內，

《廣記》引，作「夢滿城出菜」。

婦曰：「若征軍遠行，難為將也。」

《類聚》八二引，「行」作「出」。《御覽》四〇〇引，「行」下有「出」字。《廣記》引，作「其占曰，菜多，難爲醬也」。

案：「婦」指苻堅妻，前秦人，姓張氏，明辨有才識，堅欲入寇江左，張氏力諫之，後堅死，遂自殺。

云：「江左不可平也，君無南行，必敗之象也。」

《御覽》引，「象」作「應」。《廣記》引，「可」作「得」。

晉咸和初，（〈夢合子生〉）

案：咸和，東晉成帝司馬衍之年號。

夢與妻寢，有身，

《幽明錄》於此二句下，尚有「當爲巫師，死作社公」八字。

案：「當爲巫師，死作社公」八字，與此條末云「後如其言」相呼應，則今本脫此八字，當據補。

晉義熙初，烏傷黃蔡，於查溪岸照射，（〈長人入夢〉）

《御覽》三五〇引，「義熙初」三字在「蔡」字下。

乃死於此，

《御覽》引，「此」作「斯」。

眠寤患腹痛而殞。

《御覽》引，「痛」作「疾」。

長民以其無先告，（〈夢得如意〉）

《御覽》三九八引，「告」作「過」。又《御覽》七〇三引，「無」作「謀」。

雖是寤中，殊自指的，

《御覽》三九八引，「寤」下有「寐」字，「的」作「約」。

澄之遂得無恙。

《御覽》三九八引，「澄之」作「郭」一字，「恙」作「他」。又《御覽》七〇三引，「恙」作「它」。

案：《說文》它篆下云：「上古艸凥患它，故相問無它乎？」段注：「相問無它，猶後人之不恙無恙也。語言轉移，則以無別故當之，而其字或叚佗爲之，又俗作他。」

後從入關，賫以自隨，忽失所在。

《御覽》三九八引，此三句上復有「屢經顯官」四字，又「從」作「徙」，「賫」作「齎」，「隨」字下有「插着步差中」五字。

案：《字彙補》：「賫，俗齎字。」《說文》：「齎，持遺也。」段注：「近人則訓齎爲持也。」《御覽》引作「齎」，疑「齎」字之誤。

義熙中，商靈均為桂陽太守，(〈衡陽守〉)

《御覽》四〇〇引，作「陳郡殷靈均，義熙中爲桂陽太守。」《廣記》二七六引，「義熙中」三字亦在「均」字下。

除衡陽守，知冥理難迯，辭不得免，果卒官。

《古今說部叢書》本、《學津》本、《說庫》本，「迯」並作「逃」。《集韻》：「逃，俗作迯。」

《御覽》引，「守」作「郡」，「迯」作「避」，「果卒官」作「尋寢疾而亡」。

豈能移我在高燥處，(〈夢謝拯棺〉)

《古今說部叢書》本、《說庫》本，「豈」並作「如」。

案：作「如」字，則上下文義始通暢，當據改。

酧以酒食。

《廣記》二七六引夢雋，作「酧酒」二字。

蔣道支於水側，見一浮楂，取為研，(〈夢還符讖〉)

《古今說部叢書》本、《說庫》本，「楂」並作「查」。

《事類賦注》一五引，「蔣」作「新」，「楂」作「櫨」，「研」作「硯」。

案：《廣韻》：「楂，水中浮木。」與槎、查通。又《正字通》：「楂，俗櫨字，與查音訓同。」《說文》：「硯，石滑也。」段注：「江賦曰：『綠苔鬖髿乎研上。』李注:『研與硯同。』按字之本義謂石滑不澀,今人研墨者曰硯,其引伸之義也。」

有道家符讖及紙,皆內魚研中,

《事類賦注》引,「讖」作「懺」,「內」作「置」,「研」作「硯」。

方悟是所夢人,

《事類賦注》引,「悟」作「悞」。

案:《說文》:「悟,覺也。」《廣韻》:「誤,謬誤。悞,上同。」是「悟」與「悞」二字音同義異,《事類賦注》引作「悞」,當是「悟」字之誤。

初為瑯琊府主簿,(〈劉穆之佳夢〉)

《四庫》本、《學津》本、《說庫》本,「琅」並作「瑯」。

案:《集韻》:「琅,俗作瑯。」琅琊,亦作瑯邪、瑯琊、琅邪。

嘗夢與武帝汎海,

案:《廣記》二七六引《續異記》:「穆之又夢,有人稱劉鎮軍相迎。且占之曰:『吾死矣,今豈有劉鎮軍耶?』後宋武帝遣人迎,共定大業,武帝時爲鎮軍將軍。」

儀餙甚盛,

《廣記》二七六引,「餙」作「飾」。

景平中,潁川荀茂遠至南康,(〈喪儀如夢〉)

《御覽》三九六引,「景平中」三字在「遠」字下。

官生於水,

《御覽》引,「水」作「林」。

未解所說,

《御覽》引,「說」作「況」。

即見殯殮,

《御覽》引,「殮」作「瘞」。

船至水門過,

《御覽》引,「船」作「舩」。字彙:「舩,俗船字。」

吳興沈慶之，字弘先，廢帝遣從子攸之賫藥賜死，時年八十。（〈沈慶之異夢〉）

案：《廣記》一四一引《談藪》：「……慶之目不識字，手不知書，而聰悟過人，嘗對上爲詩，令僕射顏師伯執筆，慶之口占曰：『微生値多幸，得逢時運昌。衰朽筋骨盡，徒步還南岡。辭榮此聖代，何媿張子房。』並嘆其辭意之美。慶之嘗歲旦夢人餉絹兩疋，曰：『此絹足度。』覺而嘆曰：『兩疋八十尺，足度無盈餘，老子今年不免矣。』其年，果爲原（按宋書、廢帝紀元景和、原疑景之誤）和所誅。」

慶之嘗夢引鹵簿入厠中，

《廣記》二七六引《拾遺錄》，「引」作「牽」，「簿」作「部」。

案：《事物紀原》二：「鹵簿，炙轂子曰：『車駕行，羽儀導護，謂之鹵簿。自秦漢始有其名，後漢胡廣作天子出行，鹵大楯也，所以扞敵；部伍之次，皆著之簿儀，其五兵獨以楯爲名者，行道之時，甲楯居外，餘兵在內，故但言鹵簿。』《五禮精義》曰：『鹵大盾也，以大盾領一部之人，故名鹵簿。』」

慶之甚惡入厠之鄙，

《廣記》引，此句上尚有「雖忻清道」四字。

君必大富貴，然未在旦夕。

《廣記》引，作「君必貴，然未也」。

知君富貴不在今日。

《廣記》引，「日」作「主」，下尚有「後果中焉」四字。

案：沈慶之，南朝宋武康人，字弘先，文帝元嘉中（424～453），累功爲建威將軍。其事在後，非子年（王嘉，前秦安陽人，字子年）所及見，《廣記》二七六引作「出拾遺錄」者，必誤也。

卷　八

冠白冠，形神修勵，（〈趙晃刼蛇妖〉）

《廣記》四六八引《三吳記》，「白冠」作「幘」，「形神修勵」作「容貌甚偉，身長七尺，眉目疏朗」。

遍擾居民，

《廣記》引，作「遍歷人家，姦通婦女，晝夜不畏於人」。

術士趙晃聞之，

《廣記》引，「晃」作「杲」，「之」作「吳患」。

乃淨水焚香，長嘯一聲，大風疾至，聞室中數十人響應，

《廣記》引，首句作「因請水燒香」，又「一」作「數」，「大」作「天」，「疾」作「欻」，「室」作「空」。

晃擲手中符如風，

《廣記》引，作「杲擲手中符，符去如風」。

何敢幻惑如此！隨復旋風擁去。

《廣記》引，「如此」作「不畏」，「去」作「出」。

有大白蛇，長三丈，斷首路旁，

《廣記》引，「蛇」作「蛟」，「旁」作「傍」。

案：《說文》：「它，虫也，从虫而長，象冤曲垂尾形。」又蛇篆下云：「它或从虫。」《說文》：「蛟，龍屬，無角曰蛟。」段注：「郭氏《山海經傳》曰：『似蛇，四腳細頸，頸有白嬰，大者數圍，卵生子如一二斛瓮，能呑人。』」

亦黿鼉之屬。

《廣記》引，「鼉」作「鼍」，「屬」作「類」。

案：《說文》：「黿，大鼈也。」又「鼍，水蟲，佀蜥易，長丈所，皮可爲鼓。」「黿鼍」二字常連文，今本誤作「鼉」，當據正。

得貍而殺之，(〈樂廣治貍怪〉)

《四庫》本，「貍」作「狸」。《集韻》:「貍，或作狸。」

晉太元中，桓謙字敬祖，(〈桓謙滅門兆〉)

《類聚》九七、《御覽》九四七、《廣記》四七三、《事類賦注》三〇引，「太元中」三字並在「祖」字下。

從岊　作中出，精光耀日，

《四庫》本、《學津》本、《說庫》本，「掐」並作「埳」(《御覽》、《廣記》、《事類賦注》引同)。又《四庫》本，「日」作「目」。

案:《說文》:「卪，陬隅，高山之卩也。」今隸變作「岊」，讀如「節」。又《集韻》:「坎，或作峆，埳。」《玉篇》:「埳，同坎。」而「埳」乃「埳」之譌字，則當作「埳」字方是。

部障指麾，

《四庫》本，「麾」作「揮」。又《廣記》引，「障」作「陣」。《正字通》:「揮，與麾、撝通。」

馬既輕快，人亦便捷，

《類聚》引，作「馬既快，人亦便」。

能緣几登竈，

《類聚》、《御覽》、《事類賦注》引，「几」並作「机」。

案:《釋文》:「几，本又作机。」

死在穴中，

《類聚》、《御覽》、《事類賦注》引，「穴」並作「窟」。

謙後以門釁同滅。

《類聚》、《廣記》引，作「謙後誅滅」。

大司農卿碑注在江東潮西，(〈龜載碑還〉)

《古今說部叢書》本、《學津》本、《說庫》本，「潮」並作「湖」(《御覽》二三二、五八九引同)。

還其先處，

《御覽》五八九引，「先」作「元」。

萍藻猶著腹下。

《御覽》二三二引，下尚有「史游〈急就篇〉曰:『司農少府，國之泉也。』」

寂之怒曰:「今方歡樂，

《廣記》四四六引，無「之」字，又「樂」作「集」。

寂之病遂瘥。

《廣記》引，作「寂病漸瘳」。

義熙中，東海徐氏婢蘭，忽患羸黃，(〈掃帚怪〉)

《御覽》七六五，《廣記》三六八引，「義熙中」三字並在「蘭」字下。又《御覽》引，「東」作「北」，「氏」作「寔」。《廣記》引，「羸黃」作「病」。

而拂拭異常，

《御覽》引，作「而自拂拭，有異於常」。

趨婢床，

《御覽》引，「趨」作「趣」。《釋文》:「趨，本又作趣。」

晉義熙中，烏傷人孫乞齎父書到郡，(〈紫衣女〉)

《古今說部叢書》本、《說庫》本，「齎」作「賫」。

《書鈔》一三四、《廣記》四四二引，「義熙中」三字並在「乞」字下。又《書鈔》引，「烏傷人」作「烏陽縣吏」，「齎父」作「賫文」。《御覽》七〇二引，「烏傷人」作「烏陽小吏」。《廣記》引，「齎父」作「賷文」。

姿容豐艷，

《御覽》引，「豐艷」作「甚麗」。又《書鈔》引，此句下尚有「遂試要之，女懌而前」八字。

爾夕，

《書鈔》引，「爾」作「至」。

乃是大貍，

《御覽》、《廣記》引，「貍」並作「狸」。

乞因抽刀斫殺，

《書鈔》引，此句下尚有「昕日視之」四字。今本脫，致使文義不完，當據補。

舍北有大颯樹，（〈伐桃致怪〉）

胡本、《古今說部叢書》本、《四庫》本、《學津》本、《說庫》本，「颯」並作「楓」（《廣記》四一五引同）。

案：「楓」字是也，今本誤作「颯」，當據正。

始見一丈夫容質妍淨，（〈赤莧魅〉）

《廣記》四一六引，「妍」作「姘」。

女於是恒歌謠自得，

《廣記》引，「歌」作「謌」。

案：《說文》謌篆下云：「歌或从言。」

女手指環挂其莧上，

《廣記》引，「挂」作「掛」，「上」作「莖」。

未及升車，（〈武昌三魅〉）

《御覽》九三二引《幽明錄》，「升」作「昇」。

女忽然失恠，出外毆擊人，

《四庫》本、《學津》本、《說庫》本，「毆」並作「毆」。

《御覽》引，「恠」作「性」，「人」下有「乘」字。

遂擊鼓以術呪療，

《御覽》引，「呪」作「祝」，「療」上有「治」字。

刻期須得妖魅

《御覽》引，「刻」作「制」。

翼日有一青蛇來到坐所，

《御覽》引，「蛇」作「虵」，「坐」作「巫」。

案：作「巫」字文義方通，今本誤爲「坐」，乃形似而訛，當據正。

巫以朱書龜背作符，

《御覽》引，「朱」上有「赤」字。

鼉自分死，冒來先入慢與女辭訣，

《御覽》引，「分」作「忿」。又《鉤沉》本《幽明錄》，「慢」作「幔」(《舊小說》甲集同)。

案：作「幔」字，義方通暢，當據正。

女遂慟哭云：「失其姻好。」

《四庫》本、《說庫》本，「慟」並作「慟」(《御覽》引同)。

又《御覽》引，「姻」作「因」。

魅者歸千一物，

胡本、《古今說部叢書》本、《四庫》本、《學津》本，「千」並作「于」。《說庫》本，作「於」。

案：今本誤「于」爲「千」，當據正。

我華督造府。(〈鼉魅〉)

《廣記》四六八引，「造」作「還」。

歲久因能為魅，

《廣記》四六八引《搜神記》：「……，吾聞物老則群精依之，因衰而至，此其來也，豈以吾遇厄絕糧，從者病乎。夫六畜之物，及龜蛇魚鼈草木之屬，神皆能爲祆怪，故謂之五酉，五行之方，皆有其物，酉者老也，故物老則爲怪矣。殺之則已，夫何患焉。」

文帝元嘉初，益州王雙忽不欲見明，(〈暫同阜蟲〉)

《廣記》四七三引，首句在「雙」字下。又《廣記》引，「益」作「孟」。

每聽聞薦下有聲歷歷，

《廣記》引，「有聲歷歷」作「歷歷有聲」。

見一青色白纓蚯蚓，

《古今說部叢書》本，「纓」作「頸」(《廣記》引同)。

氣甚清芬

《廣記》引，「清」作「精」。

河東常醜奴，將一小兒湖邊拔蒲，(〈獺化〉)

《御覽》九九九引《幽明錄》，「奴」下尚有「寓居章安縣，以採蒲爲業」二句。又《廣記》四六八引甄異志，作「河南楊醜奴常詣章安湖拔蒲」。

姿容極美，

《御覽》引，作「容姿殊美」。《廣記》引，作「衣裳不甚鮮潔，而容貌美」。

徑前投醜奴舍寄住，

《類聚》八二引《幽明錄》，「徑」作「逕」。《古今合璧事類》五六引《幽明錄》，「徑」作「直」。《廣記》引，作「前就醜奴，家湖側，逼暮不得返，便停舟寄住，借食器以食，盤中有乾魚生菜，食畢，因戲笑。醜奴歌嘲之，女答曰：『家在西湖側，日暮陽光頹。託蔭遇良主，不覺寬中懷。』」

因臥覺有臊氣，

《御覽》引，作「滅火共臥，覺有腥氣，又指甚短，惕然疑是魅」（《廣記》引同，唯文字小異耳）。

後猶來往不絕，（〈蜘蛛魅〉）

《御覽》九四八、《廣記》四七八引，「來往」作「往來」。

心緒昏錯，

《類聚》九七引，「緒昏」作「患惽」。

形如斗樣，

《御覽》引，「樣」作「拌」。

便宴爾怡悅，

《廣記》引，「宴」作「燕」。

琅性理遂復。

《類聚》引，「復」作「解」。《御覽》引，「復」作「僻」。

元嘉十八年，廣陵下市縣人張方女道香，（〈王纂鍼魅〉）

《初學記》二○引，作「廣陵下廟，宋元嘉中，縣人張氏女」。《廣記》四六九引，「元嘉十八年」五字在「張」字上，又「縣人」作「廟」。

道香俄昏惑失常，

《初學記》引，作「女魅惑成病」。

時有海陵王纂者能療邪，

《初學記》引，「邪」下有「鬼」字。《廣記》引，「療」作「治」。

元嘉十九年，長山留元寂曾捕得一貍，(〈貍中貍〉)

《廣記》四四二引，首句在「寂」字下，又「貍」作「狸」。

以皮掛于屋後，

《四庫》本，「掛」作「挂」(《廣記》引同)。

封印完全，(〈石龜耗粟〉)

《御覽》一九○引，作「封閇完密」。

案：《玉篇》：「閇，俗閉字。」

即密令毀龜口，於是不復損耗。

《御覽》引，「密令」作「劖」，「不復損耗」作「無復虧減」。

瑯玡費縣民家，(〈繩彄獲髻〉)

《書鈔》一三五、《御覽》七一五引，「瑯」並作「琅」。又《書鈔》引，無「費縣」二字，「民」作「王」。

每以扃鑰為意，

《書鈔》引，「意」下有「而零落不已」五字。

甚滑澤有踪跡，乃作繩彄放穿穴口，

《書鈔》引，「踪跡」作「蹤迹」，「乃」作「試」，「穿」作「于」。《御覽》引，「放」作「施」。

夜中忽聞有擺撲聲，

《古今說部叢書》本、《說庫》本，「撲」並作「曳」。

往掩得一髻，

《古今說部叢書》本、《四庫》本，「髻」作「髫」。

《書鈔》引，「髻」作「大髮」。《御覽》引，作「鬉」。

通身黃服，(〈樹下老公〉)

《御覽》八八九引，「服」作「衣」。

姿容兼多伎藝，彈琴歌詩，

《御覽》引，「容」下有「美」字，「歌」作「賦」。

不可得來，

《御覽》引，「來」作「也」。

其形似皋，又復似狐，頭長三尺，額生一角，耳高於頂，面如故。

《古今說部叢書》本、《說庫》本，「皋」作「皋」。

《御覽》引，「皋」作「臯」，「似」作「如」，「頭」作「頸」，「額」作「頭」，「面如故」作「面故類人」。

案：《正字通》：「臯，俗皋字。」

晉廣州太守馮孝將，（〈徐女復生〉）

《廣記》二七六引《幽明錄》，「州」作「平」。

能從所委見救活否？

《廣記》作，「能見聘否」。

生一男一女。

《古今說部叢書》本、《說庫》本，「一男」並作「二男」。

鄢陽陳忠女名豐，（〈陳忠女〉）

《御覽》三七九引，「鄢」作「隅」。

豐與村中數女共聚絡絲，

《初學記》一九引，無「數」字。

無所恨也。

《初學記》、《古今合璧事類》六一引，「無」並作「无」。

將斂而蘇云：（〈樂安章沉〉）

《廣記》三八六引，「將斂」作「未殯」（《御覽》七一八引《甄異記》同）。

斷理得免，

《廣記》引，「斷」作「料」。

脫金釧一隻，

《御覽》引，「一隻」作「二雙」。《廣記》引，「一」作「三」。

止道側小窟，

《廣記》引，「窟」作「屈」。

所言因得，主人乃悟，甚羞不及寢嬿之事，

《廣記》引，「得」作「符」，「甚」作「惟」。

婦人姙孕未滿三月，(〈胎教〉)

《御覽》三六〇引，「姙孕」作「妊娠」。《博物志》十，作「姙娠」。《羣書類編故事》一九引《博物志》，「孕」作「身」，「未滿三月」作「三月未滿」。

著婿衣冠，

《御覽》引，「婿」作「聓」，「衣冠」作「冠衣」。

案：《字彙》：「聓，與壻同。」

映井水，詳觀影而去，勿返顧，勿令婿見，必生男。

《御覽》引，「觀」作「見」。《博物志》，作「映詳影而去，勿反顧，勿令人知見，必生男」。《羣書類編故事》，前二句作「映水視影」四字。

案：《類聚》八一引《風土記》云：「宜男，草也，高六、七尺，花如蓮，宜懷姙婦人佩之，必生男。」又《羣書類編故事》一九引《博物志》：「陳成者生十女，其妻繞井三匝，呪曰：『女爲陰，男爲陽。女多災，男多祥。』繞井三日不汲，及期，果生一男。」

而額上有瘡，(〈額上生兒〉)

《御覽》三六〇引，「瘡」作「創」。

元嘉中，高平平丘孝婦懷姙，(〈懷姙生冰〉)

《御覽》六八引，「元嘉中」三字在「婦」字下，又下一「平」字作「閭」，「姙」作「娠」。

婦平昌孟氏，(〈怪胎〉)

《四庫》本，「平昌」作「昌平」。

丹陽縣慶婦生一男一虎一貍，(〈人獸合胎〉)

《御覽》三六一引，「縣」下有「駱」字。

母無他異。

《御覽》引，「無他」作「不」字。

長山趙宣母姙身如常，(〈髀瘡生兒〉)

《御覽》七四二引，「長」上有「晉時」二字，又「姙」作「任」。

案：「姙」與「妊」同，或作「任」。

兒從瘡出，

《御覽》引，「兒」上有「二」字，「瘡」下有「中」字。

元嘉中，沛國武漂之妻林氏懷身，（〈尸生兒〉）

《御覽》三六一引，「元嘉中」三字在「氏」字下，又「漂」作「摽」。

乃撫尸而祝曰：

《御覽》引，「祝」作「呪」。

尸面赧然上色，

《御覽》引，「赧」作「赩」。

案：《說文》：「赧，面慙而赤也。」又《說文》新附：「赩，大赤也。」「赧」、「赩」二字，義稍有異同。

遂不復肌，（〈漢末小黃門〉）

《古今說部叢書》本、《學津》本、《說庫》本，「肌」並作「飢」（《御覽》九五三引同）。

魏武聞而收養，還食穀，

《御覽》引，「收」作「牧」，「穀」作「穀米」。

晉咸寧中，鄱陽樂安有人姓彭，世以射獵為業。（〈獵人化鹿〉）

《御覽》九〇六引，作「鄱陽樂安彭世，咸康中，以捕射爲業」。《廣記》四四三引，除「捕射」作「獵射」外，餘皆同《御覽》。

案：檢視今本《異苑》全書，幾乎均是以「時日——主人公（主角）之姓名」之順序來敘述故事，而《御覽》、《廣記》等類書，則大都反過來以「姓名——時日」之順序記述。有少數故事，不論「時日」、「姓名」何者在先，均不改其意。如：

〇晉義熙中，龐猗爲宜都太守。（卷二銅爐自行）

龐猗，義熙中，爲宜都太守。（《御覽》七五七引）

〇義熙中，新野黃舒耕田得一舡金。（卷二一船金）

新野黃舒，義熙中，耕田得一船金。（《御覽》八一一引）

但是，也有一些故事，因「時日——姓名」之順序變更，而使文章讀來不自然。如：

○晉太元中，東陽西寺七佛屋龕下有一物出，頭如鹿。（卷三西寺異物）
東陽西寺七佛屋，太元中，龕下有一物出，頭如鹿。（《御覽》八八九引）
○元嘉中，高平平丘孝婦懷姙。（卷八懷姙生冰）
高平閭丘孝婦，以元嘉中懷娠。（《御覽》六六八引）
前者，「七佛屋」和「龕下」有緊密的連接關係，其間當無餘裕再插入「太元中」之「時日」。而後者《御覽》所引，未免太過於強調孝婦姙娠之「時日」了。今觀查記錄各代異事的正史〈五行志〉中，全都是先記載「時日」，其次再敘述「事情」，而今本《異苑》內容具有和〈五行志〉記事相同之性質，則以「時日——姓名」爲順序的敘述方法，當是較自然的。再反觀本條故事，本是「彭」姓之獵人，至《御覽》、《廣記》所引却變成了「彭世」，此乃變更「時日——姓名」之序時，誤將「彭」字下之「世」字，亦視爲人名之故。《御覽》八八八引《列異傳》云：「昔，鄱陽郡安樂縣，有人姓彭，世以捕射爲業。……」《列異傳》，一說魏文帝撰，一說晉張華撰，無論何人所撰，可確定是《異苑》以前之書，而今本與《列異傳》「時日——姓名」的一致，正可證本條所云，方是「獵人化鹿」之原貌。

後忽蹶然而倒，化成白鹿，

《御覽》引，「蹶」作「蹷」，「化」作「變」。

見悲號，鹿跳躍遠去，

《古今說部叢書》本、《四庫》本、《說庫》本，「見」並作「兒」。今本誤作「見」，當據正。又《御覽》九○六引，「跳躍」作「咷蹻」。八八八引，「跳躍遠去」作「超然遠逝」。

其子終身不復弋獵。

《御覽》九○六引，「弋獵」作「捉弩」。八八八引，作「捉弓」。

及鄉居年月在焉，

《御覽》九○六引，「在」作「存」。

覩之悔懊，乃燒弓矢，

《御覽》九○六引，「悔懊」作「懊悔」。八八八引，作「惋悔」，又「弓」

作「弧」。

膚血潛漓，（〈社公令作虎〉）

《御覽》八九二引，「潛漓」作「流灕」。《廣記》四二六引，作「淋漓」。

以斑皮衣之，

《御覽》引，「斑」作「班」。

不堪虩躍，

《御覽》引，「虩」作「虓」。

案：《字彙補》：「虩，與虓同。」《說文》：「虓，虎鳴也。」

使者催令束裝，（〈吏變三足虎〉）

《珠林》四三引，「束裝」作「裝束」。《廣記》四二六引，作「束妝」。

至林欐，

《四庫》本、《學津》本、《說庫》本，「欐」並作「麓」。當據正。

所豎一足，

《珠林》、《御覽》八八八引，「足」並作「脚」。

晉太元十九年，鄱陽桓闡殺犬祭鄉里綏山，（〈神罰作虎〉）

《御覽》八九二引，「太元十九年」在「闡」字下。

桓闡以肉生貽我，

《御覽》引，「肉生」作「生肉」。

其年忽變作虎，

《御覽》引，「忽變」作「便」。

見人以斑皮衣之，即能跳躍噬逐。

《御覽》引，「斑皮」作「班衣」，「躍」作「透」。

胡道洽者，（〈胡道洽〉）

《六帖》九七，《古今合璧事類》七八引，「洽」作「拾」。

好音樂醫術之事，

《六帖》、《古今合璧事類》引，「醫」作「毉」。

唯忌猛犬，

《古今合璧事類》引，「忌」作「恐」。

誡弟子曰：

《六帖》、《廣記》四四七、《古今合璧事類》引，「誡」並作「戒」。

案：《搜神記》一八云：「吳中有一書生，皓首，稱胡博士，教授諸生。忽復不見。九月初九日，士人相與登山遊觀，聞講書聲，命僕尋之。見空冢中，羣狐羅列，見人即走。老狐獨不去，乃是皓首書生。」可與本條相發明。「胡道洽」、「胡博士」之「胡」，乃「狐」之諧音也。

元嘉三年，邵陸高平黃秀無故入山，（〈天謫變熊〉）

胡本、《古今說部叢書》本、《四庫》本、《學津》本、《說庫》本，「陸」並作「陵」。今本誤爲「陸」，當據正。又《類聚》九五、《御覽》八八八、九〇八、《廣記》四四二引，「元嘉三年」在「秀」字下。

經日不還，

《類聚》、《御覽》九〇八、《廣記》引，「日」作「月」。

天謫我如此，

《類聚》引，「謫」作「譴」。《御覽》引，「謫」作「讁」。

兒哀慟而歸。

《類聚》、《御覽》九〇八、《廣記》引，「兒」並作「生」。

少患面瘡，（〈謝白面〉）

《御覽》三六五引，「瘡」作「創」。

乃自匿遠山，臥於岩下，

《御覽》引，「匿」作「幽」，「臥」作「止」。

意為是龍，

《御覽》引，「意」作「竟」。

左髀便作牛鳴，（〈食牛作牛鳴〉）

《初學記》二六引，「髀」作「脾」。

食乃止。

《御覽》八六三引，「食」上有「菜」字。

得一物長三尺餘，（〈誤呑髮成瘕〉）

《御覽》三七三引，「三」作「二」。

懸於屋間，

《御覽》引，「懸」作「縣」。

案：《說文》：「縣，繫也。」段注：「古懸挂字，皆如此作。」

卷　九

後漢鄭玄字康成師馬融，（〈鄭康成〉）

案：鄭玄，東漢高密人，字康成。《世說上·文學第四》「鄭玄在馬融門下」條，劉孝標注云：「玄少好學書數，十三誦五經，好天文占候風角隱術。年十七，見大風起，詣縣曰：『某時當有火災。』至時果然，智者異之。年二十一，博極羣書，精歷數圖緯之言，兼精筭術。……」其所注書有《易》、《詩》、《書》、《禮》、《儀禮》、《論語》、《孝經》、《尚書大傳》等，經學家以先有鄭眾，故稱玄為後鄭（參見《後漢書》三五）。馬融，東漢扶風人，字季長。學博才高，授徒數千人，鄭玄，盧植（東漢涿人，字子幹。）等皆出其門。嘗坐高堂施絳紗帳前授生徒，後列女樂，弟子以次相傳，鮮有入其室者（參見《後漢書》六〇上）。

融鄙而遣還，

《六帖》三〇引，「還」作「之」。

玄過樹陰假寢，

《六帖》、《御覽》三七六、三九八，《廣記》二一五、二七六引，「寢」並作「寐」。

夢一老父以刀開腹心，

《御覽》三九八引，「刀」作「刃」，「腹」作「其」。

遂精洞典籍，融歎曰：「詩書禮樂，皆已東矣。」

《御覽》三七六引，「樂」作「易」。《廣記》二七六引，「精洞」作「洞精」。

融果轉式逐之，

案：「式」通「栻」。《廣雅·釋器》：「栻，梮也。梮有天地，所以推陰陽、占吉凶，以楓子棗心木為之。」「轉式」即旋轉式盤，推演吉凶也。孝標注《世說》，認為馬融不可能欲殺鄭玄，他於「玄竟以得免」下注云：「馬融海內大儒，被服仁義，鄭玄名列門人，親傳其業，何猜忌而行鴆毒乎？

委巷之言，賊夫人之子。」但近人劉盼遂以爲鄭玄注書，累引前儒而絕不稱引馬融之言，甚至於《小戴・月令注》中云：「今俗人云周公作月令，未通於古」，「俗人」即指其師馬融，不敬之極，故劉氏曰：「則臨川（指劉義慶）之言，固非無因也。」

管輅洞曉術數，（〈亡牛〉）

案：管輅，三國魏平原人，字公明。年八九歲，便喜仰視星辰，與鄰比兒共戲土壤中，輒畫地作天文及日月星辰，每答言說事，語皆不常。及成人，果明《周易》，仰觀風角占相之道，無不精微。體性寬大，多所含受，每欲以德報怨。清河太守華表召爲文學掾，正元二年爲少府丞，自知不壽，嘗云：「吾自知有分直耳，然天與我才，明不與我年壽，恐四十七八間，不見女嫁兒娶婦也。」又云：「吾額上無生骨，眼中無守精；鼻無梁柱，脚無天根，背無三甲，腹無三壬，此皆不壽之驗。」明年二月果卒，年四十八。

初，有婦人亡牛，

案：此條亦見於《三國志》二九〈魏書・方技傳〉，裴松之案語。

洛（或作路）**中小人失妻者，**（〈失妻〉）

案：此條亦見於《三國志》二九〈魏書・方技傳〉，裴松之案語。

伺擔豚人牽與共鬬，

《廣記》二一六引，「豚」作「豕」。

案：《說文》：「豕，彘也。」又云：「𧰼，小豕也，从古文豕，从又持肉，以給祠祀也。豚、篆文从肉豕。」段注：「《方言》，豬、其子或謂之豚，或謂之豯。」

突破主人甕，

《廣記》引，作「突壞其牆」。

中書令紀玄龍，輅鄉里人也。（〈火災〉）

《廣記》二一六引，「紀」作「范」。

案：此條亦見於《三國志》二九〈魏書・方技傳〉、裴松之案語。

當有一角巾諸生駕黑牛故車來，

《廣記》引，「故車」作「從東」。

時有利漕治下屯民捕鹿者獲之，(〈盜鹿〉)

案：此條亦見於《三國志》二九〈魏書・方技傳〉裴松之案語。

都尉治內史有失物者，(〈失物〉)

《廣記》二一六引，「史」作「吏」。

案：此條亦見於《三國志》二九〈魏書・方技傳〉裴松之案語。

安德令劉長仁聞輅曉鳥鳴，初不信之，(〈鳥鳴〉)

《博物志》六：「平原管輅善卜筮，解鳥語。」

案：此條亦見於《三國志》二九〈魏書・方技傳〉。裴注云：「勃海劉長仁有辯才，初雖聞輅能曉鳥鳴，而未敢之信，須臾有鳴鵲之驗，長仁乃服。」

到時，果有東北同伍民來告，如輅言。

《魏書》二九，「如輅言」三字作「鄰婦手殺其夫，詐言西家人與夫有嫌，來殺我婿」。

輅當至郭恩家，(〈飛鳩〉)

案：此條亦見於《三國志》二九〈魏書・方技傳〉。

携肫一頭，酒一壺來候。

《魏書》二九，「肫」作「豚」，當據正。又無「來候」二字。

而射雞作食，

《魏書》於此句上復有「恩使客節酒、戒肉、愼火」，當據補。

館陶令諸葛原字景春，(〈餞席射覆〉)

案：此條亦見於《三國志》二九〈魏書・方技傳〉。

輅往餞之，

《魏書》二九，「餞」上有「祖」字，當據補。

原自取燕卵、蜂巢、蜘蛛著器中，

《魏書》，「蜂」作「蠭」，「蜘蛛」作「鼅鼄」。

案：《說文》：「蠭，飛蟲螫人者。」《集韻》：「蠭，通作蜂。」《說文》：「鼅，鼅鼄，鼄蟊也。蟹，或从虫。」又云：「鼄，鼅鼄也。蛛，鼄或从虫。」是「蜘蛛」、「鼅鼄」，音義相同。

第一物舍氣須變，

《魏書》，「舍」作「含」，當據正。

利在昏夜，

《魏書》，「昏」作「昬」(《四庫》本同)

案：《正字通》：「昏，俗作昬」。

平原太守劉邠字令清，(〈印囊山鷄毛〉)

案：此條亦見於《三國志》二九〈魏書・方技傳〉。裴松之注云：「故郡將劉邠字令元，清和有思理，好易而不能精。」則今本作「字令清」誤矣，當據正。

內方外員，

《魏書》二九，「員」作「圓」。《釋文》：「圓，本又作員。」

高岳巖巖，

《魏書》，「岳」作「嶽」。《集韻》：「嶽，古作岳。」

清河王經字君備，(〈王經遷官〉)

案：此條亦見於《三國志》二九〈魏書・方技傳〉。

有一流光如燕雀者，

《魏書》二九，「雀」作「爵」。

輅曰：「吉，遷官之徵也。」

《魏書》，「也」字下尚有「其應行至」一句，當據補。

姿形悴陋，(〈趙侯異術〉)

《珠林》七六，《廣記》二八四引，「悴」並作「顇」。

案：《一切經音義》六：「憔悴，三蒼作顦顇。」是「悴」與「顇」通。

乃披髮持刀，畫地作獄，

《珠林》，《御覽》七三七引，「持」並作「把」。《廣記》引，「地作」作「作地」。

剖腹看臟，

《珠林》、《御覽》引，「臟」並作「藏」。《正字通》：「臟，本作藏。」

人有咲其形容者，

《珠林》、《御覽》、《廣記》引，「咲」並作「笑」。《集韻》：「笑，古作咲。」

便佯說以酒杯向口，

《珠林》、《廣記》引，「佯說」並作「陽設」。又《廣記》引，「口」作「日」。

穎川庾嘉德善於筮蔡之事，（〈庾嘉德善筮〉）

《御覽》七二八引，「筮」作「蓍」。

案：《說文》：「簭，易卦用蓍也，从竹𢍰，𢍰，古文巫字。」段注：《曲禮》曰：龜爲卜，策爲筮，策者蓍也。」「蓍蔡」猶言「蓍龜」，以卜休咎。蔡乃地名，出大龜，因名大龜爲蔡也。

生驚奔入草，

《古今說部叢書》本，《說庫》本，「生」並作「牛」（《御覽》引同）。當據改。

從軍十年乃歸，（〈任詡從軍〉）

《御覽》七二六引，「軍」下有「遠征」二字。

竊意非屋莫宿戒，

《御覽》三九五引，「意」作「臆」。《御覽》七二六引，作「想」。

遂負擔櫛休，

《御覽》三九五、七二六引，「休」並作「沐」。

請以濕髮為識，

《御覽》七二六引，「識」作「認」。

晉咸寧中，高陽新城叟為滛祠，（〈滛祠妖幻〉）

《珠林》七六、《御覽》七三七引，「晉咸寧中」四字在「叟」字下，又「滛」並作「淫」。今本誤「淫」爲「滛」，蓋以形似而訛，當據正。

衣冠儼然，

《珠林》，《御覽》引，「儼」並作「麗」。

百姓信感，

《珠林》，《御覽》引，「感」並作「惑」。當據正。

京都翕集，收而斬之。

《珠林》，《御覽》引，「集」作「習」，「斬」作「斬」。

破宿瘦辟，（〈孫溪奴〉）

《古今說部叢書》本、《說庫》本，「瘦辟」作「瘤癖」。

虎傷、蛇噬、煩毒、隨死、禁護皆差，

《珠林》七六引，「隨」作「垂」。

則群鵲來萃，後呪蚊虻，悉皆死倒。

《珠林》、《御覽》七三七引，「鵲」作「雀」，「後」作「夜」，「倒」作「於側」。又《珠林》引，「虻」作「寅」。

童便敕使乘舡，（〈永嘉陽童〉）

《御覽》七三七引，「勅」作「勑」。

餘澆庭中枯衰樹，（〈王僕醫術〉）

《御覽》九六五引，「澆」作「灌」，「衰」作「棗」。（《學津》本，「衰」亦作「棗」）。

樹既生，

《御覽》引，「樹」上有「棗」字。

卷　十

介子推逃祿隱迹，（〈足下之稱〉）

案：介子推，春秋時晉人，《史記・晉世家》：「晉初定，欲發兵，恐他亂起，是以賞從亡未至隱者介子推。」或作「介之推」，《左傳・僖公二四年》：「晉侯賞從亡者，介之推不言祿，祿亦不及。」杜注：「《論語・雍也篇》有孟之反，劉寶楠《正義》曰：『古人名多用之爲語助，若舟之僑，宮之奇、介之推、公罔之裘、庾公之斯、尹公之佗與此孟之反皆是。』」或云「介推」，《潛夫論・遏利》：「介推，遯逃於山谷。」此猶王子喬稱王喬，鍾子期稱鍾期之類。或稱「介子」，《淮南子・說山訓》：「介子歌龍蛇，而文君垂泣。」高注：「介子，介推也。」又作「介子綏」，《琴操》：「晉文公重耳與子綏俱亡。」

抱樹燒死，

案：《左傳・僖公二四年》：「晉侯求之不獲，以緜上爲之田，曰：『以志吾過，且旌善人。』」杜注：「緜上，今山西省介休縣東南四十里介山之下而接靈石縣界者，爲介之推所隱處。」又注云：「《新序》且謂『求之不能得，以謂焚其山宜出。及焚其山，遂不出而焚死。』」《琴操》云：「重耳復國，舅犯趙衰俱蒙厚賞，子綏獨無所得，綏甚怨恨，乃作〈龍蛇之歌〉以感之，其章曰：『有龍矯矯，遭天譴怒。捲排角甲，來遁於下。志願不與，虵得同伍。龍虵俱行，身辨山墅。龍得升天，安厥房戶。虵獨抑摧，沈滯泥土。仰天怨望，綢繆悲苦。非樂龍伍，惔不眄顧。』文公驚悟，即遣使者奉節迎之，終不肯出。文公令燔山求之，子綏遂抱木而燒死。」

每懷割股之功，

案：《琴操》云：「晉文公重耳與子綏俱亡，子綏割其腕股以啖重耳。」

俯視其屐曰：「悲乎足下。」足下之稱，將起於此。

《御覽》六九八、《續談助》四引《殷芸小說》、《一切經音義》五九、《事物紀原》二、《海錄碎事》八下，俱引本條，唯文句稍有異同。

案：《禮記・檀弓》云：「曾子寢疾病，樂正子春坐於牀下，曾元曾申坐於足，童子隅坐而執燭。」「足下」之稱，當緣於此，非如本條之所敘述者。「足下」猶吾人言「陛下」、「閤（閣）下」、「殿下」之屬。

蔡邕《獨斷》云：「陛下者，陛，階也，所由升堂也。天子必有近臣，執兵陳于陛側，以戒不虞，謂之陛下者，羣臣與天子言，不敢指斥天子，故呼在陛下者而告之，因卑達尊之意也。」

父云：「生及戶損父。」（〈田文五月生〉）

《六帖》三二，下句作「五月生子，長與戶齊，不利其父」。

案：田嬰，戰國齊人，文之父，相齊二十餘年，封於薛，號靖郭君。

受命於天，豈受命於戶，若受命於戶，何不高其戶，誰能至其戶耶？

《御覽》三一引，「受」字俱作「壽」字。《六帖》三二，作「若受天之命，何憂也；若由戶，但高其戶」。

齊封為孟嘗君。

《御覽》引，「嘗」作「常」。

俗以五月為惡月，故忌。

案：《風俗通》云：「此日（指五月五日）蓋屋，令人頭禿。」又云：「不得曝床薦席。」（參閱今本卷四「魂臥曝薦」一條）又《羣書類編故事》二引《西京雜記》：「王鳳以五月五日生，其父欲不舉，曰：『俗諺舉此日子，長及戶則自害，否則害其父母。』其叔父曰：『昔田文亦以此日生，非不詳也。』遂舉之。」

吳客有隱游者，（〈吳客木鵰〉）

《類聚》九〇、《廣記》二八四引、「游」並作「遊」。

可謂知有用之鵰鳥，未悟無用之鵰鳥也。

《類聚》、《廣記》引，二「鵰鳥」俱作「用」字。又《類聚》引，「悟」作「寤」。

東陽顏烏以純孝著聞，（〈顏烏純孝〉）

《御覽》九二〇、《事類賦注》一九引，「東陽顏烏」作「陽顏」。《漢書》二八〈地理志〉、《水經注》四〇引，「純」並作「淳」。

案：《寰宇記》九七：「東陽縣，本烏傷縣地。《漢書・地理志》屬會稽郡，垂拱二年，因東陽舊郡之號，分烏傷縣地以置縣焉。」

後有羣烏銜鼓，集顏所居之村，

《漢書・地理志》、《水經注》、《寰宇記》九七引，作「後有羣烏助銜土塊爲墳」。

故慈烏來萃，銜鼓之興，欲令聾者遠聞。

《漢書・地理志》，《水經注》引，作「故致慈烏，欲令孝聲遠聞」。

即於鼓處立縣，而名為烏傷。

案：《寰宇記》九七「義烏縣」下云：「唐武德四年、於此置綢州，分烏傷立華川縣，七年州縣並廢，仍改烏傷爲義烏縣。」《讀史方輿紀要》浙江金華府：「義烏縣，府東百十里，漢爲會稽郡之烏傷縣，以秦時孝子顏烏傷其父而名，後漢移會稽四部都尉治此，孫吳屬東陽郡，晉以後因之，隋屬婺州。」

孝女曹娥者，會稽上虞人也。父盱，能絃歌為巫。（〈曹娥碑〉）

案：此條亦見於《後漢書》八四〈列女傳〉。又〈列女傳〉，「盱」作「旴」（《事文類聚前集》一七引正作「旴」字），當據正。

娥年十四，乃緣江號哭，晝夜不絕聲，七日遂投江而死。

《後漢書・列女傳》，「緣」作「沿」，「七」字上有「旬有」二字。

案：《水經注》四○云：「娥時年十四，哀父尸不得，乃號踴江介，因解衣投水，祝曰：『若値父尸，衣當沉；若不値，衣當浮。』裁（通「才」字）落便沉，娥遂于沉處，赴水而死。」

至元嘉元年，縣長度尚改葬娥於江南道傍，為立碑焉。

案：度尚，後漢湖陸人，字博平。《後漢書・列女傳》注云：「《會稽典錄》曰：『上虞長度尚弟子邯鄲淳，字子禮。時甫弱冠，而有異才。尚先使魏朗作曹娥碑，文成未出，會朗見尚，尚與之飲宴，而子禮方至督酒。尚問朗碑文成未？朗辭不才，因試使子禮爲之，操筆而成，無所點定。朗嗟歎不暇，遂毀其草。其後蔡邕又題八字曰：『黃絹幼婦，外孫齏臼。』」又《寰宇記》九六云：「此碑（指曹娥碑）今在上虞縣水濱。」

管寧字幼安，避難遼東。（〈管寧思過〉）

案：《三國志》一一〈魏書・袁張涼國田王邴管傳〉云：「管寧字幼安，

北海朱虛人也。……，長八尺，美須眉。與平原華歆，同縣邴原相友，俱遊學於異國，並敬善陳仲弓。天下大亂，聞公孫度令行於海外，遂與原及平原王烈等至于遼東。度虛館以候之。既往見度，乃廬於山谷。時避難者多居郡南，而寧居北，示無遷志，後漸來從之。」

寧潛思良久曰：「吾嘗一朝科頭，

《事類賦注》六引〈周景式孝子傳〉云：「寧思惟疊咎，念嘗如廁，不冠而已。」

魏徐邈字景山，為尚書郎。（〈徐邈私飲〉）

案：此條亦見於《三國志》二七〈魏書．徐胡二王傳〉。

太祖甚怒，渡遼，鮮于輔進曰：

《學津》本，「渡遼」作「徐邈」，且屬上讀。

案：《三國志》二七云：「太祖甚怒。度遼將軍鮮于輔進曰……」當據正。

醉客謂清酒為聖人，濁酒為賢人，

《廣記》二三三引，「客」作「人」。

案：《三國志》二七，「清酒」作「酒清者」，「濁酒」作「濁者」，當據正。

昔子反斃于穀陽，

案：《三國志》二七，「穀」作「穀」，當據正。

忽暴雨雷震其枕，枕四解，（〈雷震不驚〉）

《書鈔》一三四引，上一「枕」字作「所枕六安」四字。

傍人莫不怖懼，

《書鈔》、《御覽》一三、五二、七〇七，《事類賦注》三引，「懼」並作「懾」。

堅便使者道虓清道，

胡本、《古今說部叢書》本、《四庫》本、《學津》本、《說庫》本，「便」並作「使」（《御覽》五四九引同）。當據正。又《御覽》引，「道虓清道」作「請通」二字。

堅聞之曰：「貉子正欲覓死，

《御覽》引，「貉子」作「小人」。

乃苦加拷楚，

《御覽》引，「拷」作「考」。

金千斤，（〈掘金相讓〉）

《御覽》八一一引，「千」作「二」。

陶送付縣。

《御覽》引，此句下尚有「今河南張標表上尚書」一句。

順陽南鄉楊豐與息名香，（〈楊香搤虎〉）

《御覽》四一五引，「名」作「女」。

因為虎所噬，

《六帖》九七引，「噬」作「嚙」。

太守平昌孟肈之賜貸之穀，

《御覽》引，「貸」作「資」，「穀」作「穀」。

人以為中酒毒而化。（〈任城王沉飲〉）

《書鈔》一四四引，此句作「後年盛暑，忽從季飲味不異也」。

小則小功緦服。（〈孫廣忌虱〉）

《御覽》九五一引，「緦」作「殤」。

劉聞之，忻然而往，（〈劉鵂鶹〉）

《御覽》八八五引，「忻」作「欣」。

案：《說文通訓定聲》：「忻，叚借爲欣。」

須臾火燎，

《御覽》、《廣記》八六引，「燎」並作「發」。

於是舉世號為劉鵂鶹，

案：《爾雅・釋鳥》鴒鵋鵙注云：「今江東呼鵂鶹爲鵋鵙。」《玉燭寶典》十引《博物志》云：「鵂鶹一名忌欺，白日不見人，夜能拾蚤蝨也。」又《御覽》九二七引《博物志》：「鵂鶹一名鵄鵂，晝日無所見，夜則目至明，人截爪甲棄露地，此鳥夜至人家拾取爪，分別視之，則知有吉凶，凶者輒便鳴，其家有殃。」

三吳人多取其直為商賈治生，(〈揚駇藏鏹〉)

《御覽》八二九引，「賈」作「估」。

見門外忽有百許萬鏹，

《御覽》四七二引，「鏹」作「錢」。

案：《文選》四左思〈蜀都賦〉：「藏鏹巨萬。」注云：「鏹，錢貫也」。

附　錄

一、《異苑》佚文

1. 何顒妙有知人之鑑。初，同郡張仲景總角造顒，顒謂曰：「君用思精密，而韻不能高，將爲良醫矣。」仲景後果有奇術。
   案：《續談助》卷四《殷芸小說》引。何顒，後漢南陽襄鄉人，字伯求。又《廣記》二一八引《小說》，除上述文字外，尚有以下一段：「王仲宣年十七時，過仲景，仲景謂之曰：『君體有病，宜服五石湯，若不治，年及三十，當眉落。』仲宣以其賒遠，不治。後至三十，果覺眉落，其精如此。世咸歎顒之知人。」

2. 武侯躬耕南陽，南陽是襄陽墟名，非南陽都也。
   案：《續談助》卷四《殷芸小說》引。《鉤沉》本，「耕」下有「於」字，注云：「《困學紀聞》十引此句，於字據補。」又「都」作「郡」。

3. 諸葛亮於漢中，積石作八陣圖，號令儼然，無鼓鼙甲兵之響，贖珠亮也。
   案：《書鈔》九六引。孔廣陶校註云：「今案贖珠四字有誤。」《三國志》三五〈諸葛亮傳〉云：「亮性長於巧思，損益連弩，木牛流馬，皆出其意；推演兵法，作八陣圖。」《兵略纂聞》：「黃帝按井田作八陣法，以破蚩尤。古之名將，知此法者，惟姜太公、孫武子、韓信、諸葛孔明、李靖諸人而已。其名之曰天、地、風、雲、龍、虎、鳥、蛇八陣者，則孔明也。」《廣記》三七四引《嘉話錄》云：「夔州西市，俯臨江岸，沙石下有諸葛亮八陣圖。箕張翼舒，鵝形鸛勢，象石分布，宛然尚存。峽水大時，三蜀雪消之際，澒涌混瀁，可勝道哉！大樹十圍，枯槎百丈，破磑巨石，隨波塞川而下，水與岸齊，人奔山上，則聚石爲堆者，斷可知也。及乎水落川平，萬物皆失故態，唯諸葛陣圖，小石之堆，標聚行列，依然如是者，僅已六七百年，年年淘灑推激，迨今不動。」《寰宇記》一四八亦云：「八陣圖在縣（指奉節縣）西南七里，荊州圖副云，永安宮南一里渚下平磧上，周廻四百十八丈，中有諸葛孔明八陣圖，聚細石爲之，各高五尺，廣十圍，歷然棋布，縱橫相當，中間相去九尺，正中開南北巷，悉廣五尺，凡六十四聚，或爲人散亂，及爲夏水所沒，冬水退後，依然如故。」又《事文類聚遺集》一○引《柳氏家錄》云：「諸葛亮因八陣以施武，經七擒以即戎。」

4. 建康陵欣，景平中，死於楊州，作部尉辰當葬，作部督夢欣云：「今爲獄公，姹祖夕有期，莫由自反，勞君解謝，今得放遣。」督不信，夜後又夢，言辭轉切，因歌一曲云：「生時世上人，死作獄中鬼。不得還墳墓，灰沒有餘罪。」督覺爲謝，神從此便絕。
案：《御覽》六四三引。

5. 隆安中，東海錯魚皆化虎，上岸食人。
案：《御覽》八八八引。

6. 水虫化爲蚊子。
案：《一切經音義》六引。

7. 虛耗鬼所至之處，令人損失財物，庫藏空竭，名爲耗鬼，其形不一，怪物也。
案：《一切經音義》七五引。

8. 糉，屈原姊所作。
案：《事物紀原》九引。《集韻》：「糉，角黍也，或作粽。」則「糉」乃「糉」之誤字。

二、類書引注出《異苑》，而事却在敬叔之後者

1. 唐京師大莊嚴寺釋智興，洛州人也。勵行堅明，依首律師，誦經持律，不輟昏曉。至大業五年仲冬，次當維那鳴鐘，同寺僧名三果者，有兄從煬帝南幸江都，中路身亡，初無凶告，通夢於妻曰：「吾行達彭城，不幸病死，生無善行，今墮地獄，備經五苦，賴今月初十日，禪定寺僧智興鳴鐘發響，聲振地獄，同受苦者，一時脫解，今生樂處，思報其恩，汝可具絹十疋奉之，並陳意殷勤。」及寤說之，人無信者，尋復夢如初。後十餘日，凶問與夢符同，乃以絹奉興。合寺大德至，咸問興曰：「何緣鳴鐘，乃感斯應。」興曰：「余無他術，見佛法藏傳云，罽膩吒王受苦，由鳴鐘得停，及增一阿含經，鳴鐘作福，敬遵此事，勵力行之。嚴冬登樓，風切皮肉，露手鳴椎，掌中破裂，不以為苦。鳴鐘之始，先發善願，諸賢聖同入道場，同受法食，願諸惡趣，聞此鐘聲，俱時離苦，速得解脫，如斯願行，察志常奉修，故致慈通感焉。」
   案：《廣記》一一二引。本條岑仲勉氏以為智興乃大業中人，敬叔之書，何緣說及隋事？夷考其文，大致與《法苑珠林》四四所記智興事同，蓋輯自《法苑珠林》者，既落去「珠林」字，因訛「法」為「異」云云，〔註 1〕檢視《珠林》是條，注出《唐高僧傳》。

2. 唐代宗將臨軒送上計郡守，百僚外辦，御輦俯及殿之橫門，帝忽駐輦，召省官謂曰：「我常記先朝每餞計吏，皆有德音，以申誡勵，今獨無有，可乎？」宰相匆遽不暇奏對。帝曰：「且罷朝撰詞，以俟異日。」中書舍人李揆越班伏奏曰：「陛下送計吏，敕下已久，遠近咸知，今忽臨朝改移，或恐四方乍聞，妄生疑惑，今止須制詞，臣請立操翰，伏乞陛下稍駐鑾輅。」帝俞之，遂命紙筆，即令御前起草，隨遣書工寫錄，頃刻而畢。及宣詔，每遇要處，帝必目揆於班，中外日俟揆之新命。時方盛暑，揆夜寢於堂之前軒，而空其中堂，為晝日避暑之所。於一夜，忽有巨狐鳴噪於庭，仍人立跳躍，目光迸射，久之，踰垣而去，揆甚惡之。是夜未艾，忽聞中堂動盪喧豗，若有異

〔註 1〕詳見岑仲勉〈跋歷史語言研究所所藏明末談刻及道光三讓本《太平廣記》〉一文（載於《歷史語言研究所集刊》第十二本）。

物，即令執燭開門以視，人輩驚駭返走，皆曰：「有物甚異。」揆即就窺，乃有蝦蟇，大如三斗斧，兩目朱殷，蹲踞嚼沫，揆不令損害，堦前素有漬瓜果大銅盤，可受一斛，遂令家人覆其盆而合之，因扃其門，亦無他變。將曉，揆入朝，其日拜相，及歸，親族列賀，因話諸怪，即遣啓戶，揭盆視之，已失其物矣。

案：《廣記》一三七引。本條乃記唐代宗時事，若非《廣記》誤采，即爲別本之《異苑》，絕非敬叔原著耳。

參考書目

一、專　目

1. 《異苑十卷》，明萬曆胡震亨《秘冊彙函》本（今藏中圖）。
2. 《異苑十卷》，明崇禎毛晉汲古閣《津逮秘書》本（今藏中圖）。
3. 《異苑一卷》，《說郛》本（今藏中圖）。
4. 《異苑一卷》，《五朝小說》本（今藏中研院）。
5. 《異苑十卷》，《古今說部叢書》本（今藏中研院）。
6. 《異苑十卷》，清文淵閣《四庫全書》本（今藏故宮）。
7. 《異苑十卷》，《學津討原》本。
8. 《異苑十卷》，《說庫》本。

二、經　部

（一）一般類

1. 《毛詩》，漢・毛公傳，鄭玄箋，唐・孔穎達正義，藝文景阮刻《十三經注疏》本。
2. 《禮記》，漢・鄭玄注，唐・孔穎達正義，藝文景阮刻《十三經注疏》本。
3. 《春秋左傳》，晉・杜預注，唐・孔穎達正義，藝文景阮刻《十三經注疏》本。
4. 《爾雅》，晉・郭璞注，宋・邢昺疏，藝文景阮刻《十三經注疏》本。
5. 《琴操》，漢・蔡邕，宛委山堂本。

（二）小學類

1. 《經典釋文》，唐・陸德明，《四部叢刊》景通志堂經解本。

2. 《說文解字注》，清・段玉裁，藝文景經韻樓刻本。
3. 《說文通訓定聲》，清・朱駿聲，《國學基本叢書》本。
4. 《一切經音義》，唐・慧琳，大通景日本覆刻《麗藏》本。
5. 《續一切經音義》，遼・希麟，大通景日本覆刻《麗藏》本。
6. 《廣韻》，宋・陳彭年重修，藝文景張氏重刻澤存堂本。
7. 《集韻》，宋・丁度，《四部備要》本。
8. 《經傳釋詞》，清・王引之，商務排印本。

三、史　部

（一）一般類

1. 《史記》，漢・司馬遷，弘道排印本。
2. 《漢書補注》，清・王先謙，藝文景虛受堂本。
3. 《後漢書》，宋・范曄撰，唐・李賢等注，鼎文新校排印本。
4. 《三國志》，晉・陳壽撰，宋・裴松之注，洪氏排印本。
5. 《晉書》，唐・房玄齡撰，洪氏排印本。
6. 《宋書》，梁・沈約撰，洪氏排印本。
7. 《隋書》，唐・魏徵等撰，洪氏排印本。
8. 《南史》，唐・李延壽撰，洪氏排印本。
9. 《魏晉南北朝史》，王仲犖。
10. 《魏晉南北朝史論叢》，唐長孺。
11. 《魏晉南北朝史論集》，周一良，中華排印本。
12. 《魏晉風氣與六朝文學》，朱義雲，文史哲排印本。
13. 《華陽國志》，晉・常璩撰，《四部叢刊》景明錢穀鈔本。
14. 《水經注》，後魏・酈道元，《四部叢刊》景武英殿本。
15. 《太平寰宇記》，宋・樂史，文海出版社本。
16. 《荊楚歲時記》，北・周宗懔，《寶顏堂秘笈》本。
17. 《通典》，唐・杜佑，新興《十通》本。
18. 《通志》，宋・鄭樵，新興《十通》本。
19. 《文獻通考》，元・馬端臨，新興《十通》本。
20. 《史通》，唐・劉知幾，《四部叢刊》景明張鼎思刊本。
21. 《書林清話》，葉德輝，文史哲排印本。
22. 《僞書通考》，張心澂，商務排印本。
23. 《中古文學史論》，王瑤，長安排印本。

24. 《中國小說史》，周豫才。
25. 《中國文學概論》，鹽谷溫著，孫俍工譯，開明排印本。

（二）目錄類

1. 《隋書・經籍志》，唐・長孫無忌等撰，世界排印本。
2. 《崇文總目》，宋・王堯臣，《國學基本叢書》本。
3. 《郡齋讀書志》，宋・晁公武，《國學基本叢書》本。
4. 《直齋書錄解題》，宋・陳振孫，《國學基本叢書》本。
5. 《文淵閣書目》，明・楊士奇，《國學基本叢書》本。
6. 《四庫全書總目》，清・紀昀，藝文排印本。
7. 《四庫提要辨證》，余嘉錫，藝文排印本。
8. 《四庫全書總目提要補正》，胡玉縉，木鐸排印本。
9. 《古小說簡目》，程毅中，龍田排印本。

四、子　部

（一）一般類

1. 《淮南子校釋》，于師長卿，油印本。
2. 《淮南鴻烈集解》，劉文典，粹文堂排印本。
3. 《說苑》，漢・劉向，《四部叢刊》景明本。
4. 《潛夫論》，漢・王符，《四部叢刊》景宋寫本。
5. 《風俗通義》，漢・應劭，《四部叢刊》景元刊本。
6. 《漢武故事》，漢・班固，《古今逸史》本。
7. 《別國洞冥記》，漢・郭憲，《龍威秘書》本。
8. 《神異經》，漢・東方朔，《龍威秘書》本。
9. 《西京雜記》，漢・劉歆，《抱經堂叢書》本。
10. 《山海經》，晉・郭璞注，《四部叢刊》景明成化刊本。
11. 《穆天子傳》，晉・郭璞注，《四部叢刊》景明天一閣本。
12. 《抱朴子》，晉・葛洪，《四部叢刊》景明魯藩刊本。
13. 《神仙傳》，晉・葛洪，《龍威秘書》本。
14. 《博物志校証》，晉・張華撰，范寧校証，明文排印本。
15. 《拾遺錄》，晉・王嘉撰，梁・蕭綺錄，木鐸排印本。
16. 《搜神記》，晉・干寶，里仁排印本。
17. 《古今注》，晉・崔豹，《纖輔叢書》本。
18. 《世說新語》，宋・劉義慶撰，梁・劉孝標注，《四部叢刊》景明嘉趣堂本。

19. 《幽冥錄》，宋・劉義慶，《琳琅秘室叢書》本。
20. 《續齊諧記》，梁・吳均，《古今逸史》本。
21. 《述異記》，梁・任昉，《龍威秘書》本。
22. 《還冤志》，北齊・顏之推，《寶顏堂秘笈》本。
23. 《續談助》，晁載之，《十萬卷樓叢書》本。
24. 《甲乙剩言》，胡應麟，《寶顏堂秘笈》本。
25. 《夢書》，洪頤煊輯，《經典集林》本。
26. 《鄭玄別傳》，洪頤煊輯，《經典集林》本。
27. 《蔣子文傳》，羅鄴，《古今説海》本。
28. 《酉陽雜俎》，唐・段成式，《四部叢刊》景明刊本。
29. 《法苑珠林》，唐・釋道世，《四部叢刊》景萬曆刊本。
30. 《舊雜譬喻經》，吳・天竺三藏康僧會譯，新文豐景大正版《大藏經》本。
31. 《夢溪筆談》，宋・沈括，《四部叢刊》景明刊本。
32. 《困學紀聞》，宋・王應麟，《國學基本叢書》本。
33. 《本草綱目》，明・李時珍，《國學基本叢書》本。
34. 《日知錄》，清・顧炎武，《國學基本叢書》本。
35. 《慕廬演講稿》，王叔岷，藝文排印本。
36. 《理選樓論學稿》，于師長卿，學生排印本。
37. 《扶箕迷信底研究》，許地山，《人人文庫本》。
38. 《臺灣舊慣習俗信仰》，高賢治、馮作民編譯，眾文排印本。

（二）類書類

1. 《北堂書鈔》，隋・虞世南，宏業景南海孔氏校注重刊本。
2. 《藝文類聚》，唐・歐陽詢，木鐸景印本。
3. 《羣書治要》，唐・魏徵，《四部叢刊》景日本尾張刻本。
4. 《初學記》，唐・徐堅，鼎文司義祖校排本。
5. 《白氏六帖事類集》，唐・白居易，新興景宋刻本。
6. 《白孔六帖》，唐・白居易，宋・孔傳，新興景明嘉靖覆宋刻本。
7. 《歲華紀麗》，唐・韓鄂，《秘冊彙函》本。
8. 《蒙求》，唐・李瀚撰並注，《畿輔叢書》本。
9. 《太平御覽》，宋・李昉等撰，商務景靜嘉堂文庫藏宋刊本。
10. 《太平廣記》，宋・李昉等撰，西南景印本。
11. 《事類賦》，宋・吳淑撰並注，新興景明嘉靖刻本。

12. 《事物紀原集類》，宋・高承，新興景明正統刻本。
13. 《海錄碎事》，宋・葉廷珪，新興景明萬曆刻本。
14. 《古今合璧事類備要》，謝維新，新興景印本。
15. 《事文類聚》，宋・祝穆，元・富大用、祝淵，中文景明萬曆金谿堂富春精校補遺叢刻本。
16. 《類說》，宋・曾慥，藝文景印本。
17. 《羣書類編故事》，元・王罃，《宛委山堂》本。
18. 《古小說鉤沈》，周豫才，源流景印本。

五、集　部

1. 《分類補注李太白詩》，元・楊齊賢注，蕭文贇補注，《四部叢刊》景明郭雲鵬刊本。
2. 《分門集注杜工部詩》，宋人輯，《四部叢刊》景南海潘氏藏宋版。
3. 《文選》，梁・蕭統，唐・李善注，石門景宋尤袤刻本，又藝文景清胡克家刻本。
4. 《文選》，梁・蕭統，六臣注，《四部叢刊》景宋刻本。

六、期刊論文

1. 〈六朝志怪小說之存逸〉，傅惜華，《漢學》1 期。
2. 〈六朝志怪小說簡論〉，王國良，《古典文學》4 期。
3. 〈六朝志怪與小說的誕生〉，kenneth J. DeWoskin 著，賴瑞和譯，《中外文學》九卷 3 期。
4. 〈談有關六朝小說的幾個問題〉——「六朝志怪與小說的誕生」讀後，王國良，《中外文學》九卷 7 期。
5. 〈評「古小說鉤沈」——兼論有關六朝小說的資料〉，前野直彬著，前田一惠譯，《中外文學》八卷 9 期。
6. 〈魏晉南北朝的鬼小說與小說鬼〉，葉慶炳，《中外文學》三卷 12 期。
7. 〈古典小說中的狐狸精〉，葉慶炳，《中外文學》六卷 1、2 期。
8. 〈六朝仙境傳說與道教之關係〉，李豐楙，《中外文學》八卷 8 期。
9. 〈六朝鬼神怪異小說與時代背景的關係〉，吳宏一，《現代文學》44 期。
10. 〈產生六朝鬼神志怪小說之時代背景〉，張少眞，《東吳中文系系刊》2 期。
11. 〈六朝文士所著之志怪小說〉，王次澄，《東吳中文系系刊》1 期。
12. 〈過陽關道探幽冥路〉，柯玫文，《東吳中文系系刊》10 期。
13. 〈嵇康論〉，張火慶，《鵞湖》四卷 5、6 期。

14. 〈世說新語之劉注〉，王久烈，《淡江學報》10 期。
15. 〈跋歷史語言研究所所藏明末談刻及道光三讓本太平廣記〉，岑仲勉，《中研院史語所集刊》十二本。
16. 〈顏之推還冤記考證〉，周法高，《大陸雜誌》二十二卷 9、10、11 期。
17. 〈六朝志怪小說研究〉，周次吉，民國 60 年政大碩士論文。
18. 〈搜神記校注〉，許建新，民國 63 年師大碩士論文。
19. 〈魏晉南北朝文士與道教之關係〉，李豐楙，民國 67 年政大博士論文。
20. 〈太平廣記引書考〉，盧錦堂，民國 70 年政大博士論文。
21. 〈魏晉南朝志怪小說研究〉，王國良，民國 72 年東吳博士論文。
22. 〈異苑の通行本〉，森野繁夫，廣島大學中國中世文學研究一號。
23. 〈「人虎伝」の系譜——六朝化虎譚から唐伝奇小說へ——〉，富永一登，廣島大學中國中世文學研究十一號。

書影

書影一　明萬曆胡震亨刊《祕冊彙函》本（簡稱胡本）（中央圖書館藏）

異苑卷之一

宋劉敬叔撰　明胡震亨毛晋同訂

古語有之曰古者有夫妻荒年菜食而死俱化成青絳故俗呼美人虹郭云虹爲雩俗呼爲美人

晉義熙初晉陵薛願有虹飲其釜澳須臾翕響便竭願輦酒灌之隨投隨涸便吐金滿釜於是灾弊日祛而豐富歲臻

太原溫湛婢見一嫗向婢流涕無孔竅婢駭怖

書影二　明崇禎毛晉汲古閣刊《津逮祕書》本（簡稱毛本）（中央圖書館藏）

異苑卷之一

宋劉敬叔撰　明胡震亨毛晋同訂

古語有之曰古者有夫妻荒年菜食而死俱化成青絳故俗呼美人虹郭云虹爲雩俗呼爲美人

晉義熙初晉陵薛願有虹歓其釜澳須臾翕響便竭願輦酒灌之隨投隨涸便吐金滿釜於是災弊日祛而豐富歲臻

太原溫湛婢見一嫗向婢流涕無孔竅婢駭怖

書影三　《說郛本》（中央圖書館藏）

異苑

宋　劉敬叔

漢安帝元初三年平陸有瓜異處同蔕共生一瓜時
以爲嘉瓜

晉武帝太康八年六月王濬園瓜生一實

古語有之曰古者有夫妻荒年菜食而死俱化成青
絳故俗呼美人虹

太原溫湛婢見一嫗向婢流涕無孔竅婢駭怖告湛
湛遂抽刀逐之化成一物如紫虹形宛然長舒上沒

書影四　《五朝小說》本（中研院史語所傅斯年圖書館藏）

異苑

宋　劉敬叔

漢安帝元初三年平陸有瓜異處同蔕共生一瓜時以為嘉瓜

晉武帝太康八年六月王濬園瓜生一實

古語有之曰古者有夫妻荒年菜食而死俱化成青絳故俗呼美人虹

太原溫湛婢見一嫗向婢流涕無孔竅婢駭怖告湛湛遂抽刀逐之化成一物如紫虹形
宛然長舒上沒霄漢

長沙王道憐子義慶在廣陵卧疾食次忽有白虹入室就飲其粥義慶擲鉢於階遂作風
雨聲振於庭户良久不見

會稽天台山雖非遐遠自非舍生忘形則不能躋也赤城阻其境瀑布激其衝石有莓苔
之險淵有不測之深

爲程卞山本名土山有項姓者自號卞王因改名山山足有一石櫃高數尺陳郡郤康常
往開之風雨晦冥乃止

釣磯山者陶侃嘗釣於此山下水中得一織梭還掛壁上有頃雷雨梭變成赤龍從空而
去其山石上猶有侃跡存焉

異苑　一

書影五　《古今說部叢書》本（中研院史語所傅斯年圖書館藏）

異苑卷之一

宋劉敬叔撰　　明　沈士龍　胡震亨　同校

古語有之曰古者有夫妻荒年菜食而死。俱化成青絳。故俗呼美人虹。郭云虹爲雩。俗呼爲美人。

晉義熙初。晉陵薛願有虹飲其釜澳。須臾噏響便竭。願輦酒灌之。隨投隨涸。便吐金滿釜。於是災弊日祛而豐富歲臻。

太原溫湛。婢見一嫗向婢流涕無孔竅。婢駭怖。告湛湛遂抽刀逐。之化成一物。如紫虹。形宛然長舒。上沒霄漢。

長沙王道憐子義慶在廣陵臥疾。食次。忽有白虹入室。就飲其粥。義慶擲器於階。遂作風雨聲。振於庭戶。良久不見。

衡陽山九嶷山皆有舜廟。每太守修理祀祭潔敬。則聞絃歌之聲。漢章帝時。零陵文學奚景於冷道縣祠下得笙。白玉管舜時西王母獻。

衡山有三峯極秀。其一名華蓋。又名紫蓋。澄天明景。輒有一雙白鶴迴翔其上。

異苑　二

書影六　清文淵閣《四庫全書》本（簡稱《四庫》本）（故宮博物院圖書館藏）

欽定四庫全書

異苑卷一　宋　劉敬叔　撰

古語有之曰古者有夫妻荒年菜食而死俱化成青絳

故俗呼美人虹郭云虹爲雩俗呼爲美人

晉義熙初晉陵薛願有虹飲其釜澳須臾噏響便竭願

輦酒灌之隨投隨涸便吐金滿釜於是灾弊日祛而

豐富歲臻

太原溫湛婢見一嫗向婢流涕無孔竅婢駭怖告湛湛

欽定四庫全書

異苑

一

書影七　《學津討原》本（簡稱《學津》本）

異苑卷一

宋　劉敬叔　撰

古語有之曰古者有夫妻荒年菜食而死俱化成青絳

故俗呼美人虹郭云虹爲雩俗呼爲美人

晉義熙初晉陵薛願有虹飲其釜澳須臾噏響便竭願

輦酒灌之隨投隨涸便吐金滿釜於是災弊日祛而

豐富歲臻

太原溫湛婢見一嫗向婢流涕無孔竅婢駭怖告湛湛

遂抽刀逐之化成一物如紫虹形宛然長舒上沒霄

異苑卷一　二　照曠閣

書影八　《說庫》本

異苑卷之一

宋　劉敬叔撰

古語有之曰古者有夫妻荒年菜食而死俱化成青絳故俗呼美人虹郭云虹為雩俗呼為美人

晉義熙初晉陵薛願有虹飲其釜澳須臾噏響便竭願輦酒灌之隨投隨涸便吐金滿釜於是災弊日祛而豐富歲臻

太原温湛婢見一嫗向婢流涕無孔竅婢駭怖告湛湛遂抽刀逐之化成一物如紫虹形宛然長舒上沒霄漢

長沙王道憐子義慶在廣陵卧疾食次忽有白虹入室就飲其粥義慶擲器於階遂作風雨聲振於庭户良久不見

衡陽山九疑山皆有舜廟每太守修理祀祭潔敬則聞絃歌之聲漢章帝時零陵文學奚景於冷道縣舜祠下得笙白玉管舜時西王母獻

衡山有三峯極秀其一名華蓋又名紫蓋澄天明景輒有一雙白鶴迴翔其上一峯名石囷下有石室中常聞諷誦聲清響亮徹一峯名芙蓉最為竦桀自非清霽素